사막에
비를 뿌려

심상율 가곡집 I

| 심상율 가곡집 I |

사막에
비를 뿌려

심상율 지음

바른북스

이 책을 펼쳐준 그대에게

우선 이 책을 펼쳐주심에 깊은 감사를 드립니다. 이 책은 어떤 계기로 집게 되었는지는 알 수 없지만, 지금 이 글을 읽고 계신다면 충분한 이목을 끌었다는 것이 되겠지요.

이 책은 심상율의 싱글 1집부터 정규 9집까지의 가사를 앨범 순서로 나열한 책입니다. 시를 쓴다고 쓴 가사이기는 하나 태생이 노래이다 보니 마침표, 쉼표, 물음표, 느낌표가 없는 것이 특징입니다. 가사를 등록할 때 문장 부호는 넣을 수 없기 때문이죠. 그리고 비문이 많이 보일 겁니다. 이는 제가 실제로 말하는 구어체로 시를 적어야 시가 노래로 되었을 때 저의 의도를 그대로 전달할 수 있다고 생각하여 시를 구어체로 적게 되어 비문을 심심찮게 발견할 수 있으실 겁니다.

다음으로 앨범별로 특징을 말씀드리겠습니다. 데뷔 앨범 싱글 1집

<치킨 먹고 싶다>의 수록곡 <치킨 먹고 싶다>는 같은 가사가 9번 반복되는 곡으로 치킨이 먹고 싶을 때 머릿속을 맴도는 생각을 표현한 곡입니다.

다음으로 정규 1집 <Judgement>입니다. 이 앨범은 비판이 많습니다. 앨범명처럼 자신의 판단이 옳은 판단이었는지 물음을 던지는 앨범입니다. 어딘가 이질감이 드는 1번 곡 <냉동창고>는 원래 지인의 이야기로 지인에게 주려고 만든 곡이었으나 지인의 사정으로 인해 저의 노래로 실리게 된 곡입니다. 12번 곡 <Cigarette>은 숫자로만 이루어져 있는데 이 숫자를 해석하여 숨겨진 가사를 알아내는 것도 재미있을 것이라 생각이 듭니다. 그리고 정규 1집부터 시와 시가 후속 앨범과 연결됩니다. 작가가 의도한 정답은 있지만 독자님들께서 자유롭게 시를 이어보시는 것도 재미 중 하나겠죠.

다음으로 정규 2집 <Atonement>로 속죄하기 위해 만든 앨범입니다. 이 앨범에는 3명의 인물이 등장합니다. 다음 이야기로 연결하기 위한 단서를 드리자면 1번 곡부터 6번 곡까지 동일 인물이고 7번 곡과 8번 곡은 각각 다른 인물을 생각하며 쓴 시입니다. 7번 곡의 다음 이야기는 없습니다.

다음으로 정규 3집 <Sincerity>입니다. 타이틀곡인 1번 곡 <Enemy is down>은 남에게 모진 말을 하는 사람들에게 하는 일침 같은 노래입니다. 12번 곡 <보잘것없는 노래>는 제 노래를 들어주시는 분들에게 쓴 편지입니다. 지금도 생각이 변하지 않았습니다. 항상 고맙습니다.

다음으로 정규 4집 <Potential>입니다. 이 앨범에서는 자신이 가지

고 있는 가능성을 이야기하고 싶었습니다. 잠재력이 있지만, 아직 꽃
피우지 못한 추운 겨울을 지내고 계신 분들도 언젠가는 봄이 오고 발아
하기 위한 비가 내린다는 것을 표현하였습니다.

다음으로 정규 5집 ＜Resolve＞입니다. Resolve는 결의란 의미로 사
용된 만큼 저의 결심을 담은 앨범입니다. 가난에 대한 시가 많고 가난
을 헤쳐나가 성공을 쟁취하겠다는 결의를 담은 앨범입니다.

다음으로 정규 6집 ＜Outcry＞입니다. outcry는 포효라는 의미를 생
각하며 앨범명으로 붙였습니다. 누구나 가슴속에서 꺼내지 못하는 말
이 하나쯤은 있을 겁니다. 저에게도 그런 말이 제 속에 잠들어 있었습
니다. 그런 말을 뱉은 앨범이 정규 6집 ＜Outcry＞입니다.

다음으로 정규 7집 ＜Enlightenment＞입니다. Enlightenment는 '계
몽'의 뜻으로 쓰였습니다. 생각을 조금만 비틀면 새로운 사고가 보인
다는 것을 말하고 싶었습니다. 보통 눈에 보이는 앞면만을 전부라고
생각합니다만 앞이 있으면 뒤가 있는 법입니다. 그 뒷면을 주목한 앨
범입니다.

다음으로 정규 8집 ＜Poet＞입니다. 이 앨범은 앨범 명처럼 시에
초점을 둔 앨범입니다. 처음 시인을 꿈꿨던 시절을 회상하며 시를 적
어 내려갔습니다. 가수나 작곡가의 모습을 최대한 지우고 시인의 모
습으로 작업했습니다. 정통 시를 좋아하시는 분이라면 좋아하실 앨
범입니다.

마지막으로 정규 9집 ＜Question＞입니다. 이 앨범에서는 질문을
던지고 싶었습니다. '과연 우리가 알고 있는 것이 사실일까? 알지 못
했던 이면이 있는 것은 아닐까?'라며 질문을 던져 생각해 볼 수 있는

앨범입니다. 좋다고 믿었던 것이 좋지 않을 수도 있고, 나쁘다고 생각했던 것이 나쁘지 않을 수도 있습니다. 그 이면을 담은 앨범입니다.

목차

정규 4집 :

Potential

정규 5집 :

Resolve

정규 6집 :

Outcry

에필로그 : 이 책을 읽어준 그대에게

#싱글_1집

I Want Chicken

치킨 먹고 싶다

1. 치킨 먹고 싶다

치킨 먹고 싶다 치킨 먹고 싶다

치킨 먹고 싶다 치킨 치킨

치킨 먹고 싶다 치킨 먹고 싶다

치킨 먹고 싶다 치킨 치킨

프라이드치킨 양념치킨 간장치킨 치즈치킨

매운치킨 파닭치킨 구운치킨 강정까지

치킨 먹고 싶다 치킨 먹고 싶다

치킨 먹고 싶다 치킨 치킨

치킨 먹고 싶다 치킨 먹고 싶다

치킨 먹고 싶다 치킨 치킨

프라이드치킨 양념치킨 간장치킨 치즈치킨

매운치킨 파닭치킨 구운치킨 강정까지

치킨 먹고 싶다 치킨 먹고 싶다

치킨 먹고 싶다 치킨 치킨

치킨 먹고 싶다 치킨 먹고 싶다

치킨 먹고 싶다 치킨 치킨

프라이드치킨 양념치킨 간장치킨 치즈치킨

매운치킨 파닭치킨 구운치킨 강정까지

치킨 먹고 싶다 치킨 먹고 싶다

치킨 먹고 싶다 치킨 치킨

치킨 먹고 싶다 치킨 먹고 싶다

치킨 먹고 싶다 치킨 치킨

프라이드치킨 양념치킨 간장치킨 치즈치킨

매운치킨 파닭치킨 구운치킨 강정까지

치킨 먹고 싶다 치킨 먹고 싶다

치킨 먹고 싶다 치킨 치킨

치킨 먹고 싶다 치킨 먹고 싶다

치킨 먹고 싶다 치킨 치킨

프라이드치킨 양념치킨 간장치킨 치즈치킨

매운치킨 파닭치킨 구운치킨 강정까지

치킨 먹고 싶다 치킨 먹고 싶다

치킨 먹고 싶다 치킨 치킨

치킨 먹고 싶다 치킨 먹고 싶다

치킨 먹고 싶다 치킨 치킨

프라이드치킨 양념치킨 간장치킨 치즈치킨

매운치킨 파닭치킨 구운치킨 강정까지

치킨 먹고 싶다 치킨 먹고 싶다

치킨 먹고 싶다 치킨 치킨

치킨 먹고 싶다 치킨 먹고 싶다

치킨 먹고 싶다 치킨 치킨

프라이드치킨 양념치킨 간장치킨 치즈치킨

매운치킨 파닭치킨 구운치킨 강정까지

치킨 먹고 싶다 치킨 먹고 싶다

치킨 먹고 싶다 치킨 치킨

치킨 먹고 싶다 치킨 먹고 싶다

치킨 먹고 싶다 치킨 치킨

프라이드치킨 양념치킨 간장치킨 치즈치킨

매운치킨 파닭치킨 구운치킨 강정까지

치킨 먹고 싶다 치킨 먹고 싶다

치킨 먹고 싶다 치킨 치킨

치킨 먹고 싶다 치킨 먹고 싶다

치킨 먹고 싶다 치킨 치킨

프라이드치킨 양념치킨 간장치킨 치즈치킨

매운치킨 파닭치킨 구운치킨 강정까지

#정규_1집

Judgement

1. 냉동창고

Freezen

내 일터는 영하 십팔 도
이 노래는 영화 시발 돈
손은 항상 동상
끼지 않아 장갑
내 랩 들은 넌 동상
잘 껴봐 장갑
일터에서 Ice cream cake 포장
랩 할 때 You scream quake 포상
언제나 틀어놔 내 마음속의 메트로놈
발성연습은 진상들이면 충분
내 작업장
냉동 창고
냉동 창고
냉동 창고

내 일터는 영하 십팔 도
이 노래는 영화 시발 돈
가득가득 채워져 있지

Frozen Food
가득가득 채워질 거야
Frozen Money
냉동 창고를 차고 삼아
새워 둘 거야
보랏빛 람보르기니
내 작업장
냉동 창고
냉동 창고
냉동 창고

입김은 술술
손발은 꽁꽁
일과 후 술술
지갑은 꽁꽁
딱딱한 냉동
녹여줘 해동
냉동된 재능
해동돼 지금
내 작업장
냉동 창고
냉동 창고
냉동 창고

성에는 녹지
성에는 녹지
성에는 녹지
성에는 녹지
난 너보다 높지
성에도 안 차
성에도 안 차
성에도 안 차
성에도 안 차
넌 성에도 안 차
내 작업장
냉동 창고
냉동 창고
냉동 창고

2. 은수저

Gold Silver Copper Soil
Gold Silver Copper Soil
Gold Silver Copper Soil

Gold Silver Copper Soil
계급사회 수저 정렬
Gold Spoon 인정 안 해
24K 너무 물러
한술 뜨면 spoon 휘어
들어있어 밥에 맹독
Gold Spoon 쳇독 돈독

Gold Silver Copper Soil
계급사회 수저 정렬
Silver Spoon 기미 상궁
쳇독 오른 놈들의 맹독
밥에 몰래 탄 맹독
하나하나 가려내지

은수저의 감독
Silver Spoon Security

Gold Silver Copper Soil
Gold Silver Copper Soil
Gold Silver Copper Soil

Gold Silver Copper Soil
계급사회 수저 정렬
Copper Spoon 괜찮긴 해
자기 밥그릇에 만족
하지만 동은 구리지
동수저로 밥 먹다 Self 중독
구리는 동
구리는 동
넌 밥그릇도 구리지

Gold Silver Copper Soil
계급사회 수저 정렬
Soil Spoon 밥이 없지
밥 있어도 답이 없지
한술 뜨면 모래 씹지
대부분 밥그릇 한탄

하지만 노력이라는 유약을 발라
열정이라는 불에 구우면
완성되지 도자기 스푼
그래도 조심해야 돼
도자기는 쉽게 깨지니깐

Gold Silver Copper Soil
흙수저는 도자기부터 구워
금수저는 되지 못하지만
자수성가 금의환향
은수저를 사고 독들을 가려내
아들에게 물려줘 금수저
다만 스스로 밥 먹게
관상용으로만

Gold Silver Copper Soil
Gold Silver Copper Soil
Gold Silver Copper Soil

Gold Silver Copper Soil
계급사회 수저 정렬

Gold Silver Copper Soil

계급사회 수저 정렬

Soil Copper Silver Gold
계급사회 수저 정렬

계급사회 수저 정렬

Soil Copper Silver Gold
계급사회 수저 정렬

3. 재미없네

게임을 하루 종일 해도
0과 1의 세계에서 한판 한판의 승부가 뭐가 그렇게
중요했는지 의미를 찾을 수가 없고
심혈을 기울여 돈 들여가며 자식같이 키운
캐릭터들은 접속을 하지 않으면 휴짓조각만도 못한 것이고
게임을 하지 않는 사람들에게는 그저 블루라이트일 뿐이겠지
아 재미없네

그래 내가 정신을 차리고 있지 않으면 재미가 있을까
싸구려 희석주나 마시며 정신이 몽롱해질 때쯤
내가 지금 무엇을 하고 있는 건지
쓰기만 한 이 화학물질을 무엇을 하는지 의미를 찾을 수가
없네
이건 내 몸만 더럽히는 오물일 뿐이야
아 재미없네

꼭 의미를 찾아야만 하는 것일까
승리의 순간에 느껴지는 성취감은

의미가 없는 것일까
맨정신으로 살아가기에는 벅찬 세상에
조금 정신을 놔버리는 것도 하나의 방법이지 않을까
의미를 찾는 것이 재미를 잃어버리게 한 것은 아닐까
아 재미없네

꼭 의미를 찾아야만 하는 것일까
꼭 의미를 찾아야만 하는 것일까
의미가 없는 행위는 의미가 없는 것일까
의미를 찾는 행동이 의미를 찾지 못하게 하는 것은 아닐까
꼭 의미가 있어야 하는 것일까
의미가 없는 행위는 의미가 없는 것일까
의미의 의미는 무엇일까
아 재미없네

꼭 의미를 찾아야만 하는 것일까
꼭 의미를 찾아야만 하는 것일까
의미가 없는 행위는 의미가 없는 것일까
의미를 찾는 행동이 의미를 찾지 못하게 하는 것은 아닐까
꼭 의미가 있어야 하는 것일까
의미가 없는 행위는 의미가 없는 것일까
의미의 의미는 무엇일까
아 재미없네

4. 우울증

Depression

창문을 닫고 커튼을 내려
공기를 막고 햇빛을 가려
좁디좁은 방안은 이미 쓰레기들로
가득하고 그마저도 자기 눈에는 보이지 않아
자신을 틀어막아 우울한 감정이 도망가지 못하게 해

이게 사람이 사는 거냐
자기 등을 붙일 방이 있고 음식이 끝없이 들어오니
밖으로 나갈 이유가 없지
네 몸의 세로토닌이 운반할 감정은
스스로 만들어 놓은 우울뿐이지

당장 창문을 열어 커튼을 걷어
공기를 바꿔 햇빛을 받아
깔끔하게 차려입고 밖으로 나가
밖이 무섭다고 사람들이 널 해칠 것 같아
헛소리하지 마
지나가는 사람들은 너의 우울함은 조금도 몰라

등 따시고 배부르니 책임감이 없이 우울증이 생기지
깜깜할 때 나가 깜깜할 때까지 일을 해봐
집에 돌아오면 지쳐 잠들기에 바쁜데
우울한 감정이 생길 시간이 어딨어

우울이란 방패 뒤에서 가족들의 등골을 빨아먹는
거머리 같은 것
당장 입에 풀칠할 걱정을 해야 심각성을 알지
책임감 있게 살아
집에 네 감정을 전염시키지 말고

5. 공시생

행정고시 법원공시 검찰공시 경찰공시
7급공시 9급공시 국가공시 지방공시
행정고시 법원공시 검찰공시 경찰공시
7급공시 9급공시 국가공시 지방공시

내 친구들 중에서는 공무원 준비생이 많아
바야흐로 2015 모두가 준비했지
돌아와서 2021 아무도 못 붙었지
헌법 제7조 제1항 공무원은 국민 전체에 대한 봉사자이며
국민에 대하여 책임을 진다.
내가 봤을 때 봉사자의 마음 가진 사람 아무도 없지
편한 직장 높은 연봉 퇴직연금 사회 지위
니들이 바라는 것 이것 말고는 없지

행정고시 법원공시 검찰공시 경찰공시
7급공시 9급공시 국가공시 지방공시

이제부터 자기소개는 이렇게 합시다.

안녕하십니까 2015년부터 시작된 전통 있는 공무원 준비생입니다

합격은 모르겠고 계속 준비하겠습니다.

니들이 헌법정신을 무시하고 공무원이 되고자 하는 이유
하고 싶은 것도 없고 잘하는 것도 없고
놀자니 눈치 보이고 중소기업은 싫고
대기업은 못 가고 에라 모르겠다
공부하는 척 공무원이 해볼란다

행정고시 법원공시 검찰공시 경찰공시
7급공시 9급공시 국가공시 지방공시

공무원이 되겠다고 휴학을 때리고
휴학 기간이 끝나면 무슨 일이 있었냐는 듯
강의실에 앉아있네
학교를 그냥 다녔으면 이미 학사
학원에 바친 돈은 등록금을 이미 초과
빡시게 공부해 봐야 남는 것이 없는 과목
대학원에 가서 연구를 했으면 이미 석사
허송세월이 이게 아니면 뭐람

행정고시 법원공시 검찰공시 경찰공시
7급공시 9급공시 국가공시 지방공시

6. 가나안 성도

교회 안에서 벌어지는 지옥

성도들끼리 나누어진 세력

사회가 바라보는 기독교 신자라는 신분

그 지위를 이용하는 질이 나쁜 성도

집사 권사 장로 목사

코딱지만 한 개척교회에서 벌어지는 승진 싸움

권사 심사에서 떨어졌다고 가문의 수치

장로 심사에서 떨어졌다고 목사로 전직

줄을 타고 올라가는 것들은 심사는 사치

지들끼리 다 해 처먹지

난 가나안 성도

당신들은 무엇을 믿나

예수의 가르침을 믿나

목사의 가르침을 믿나

어차피 정해진 편애

주일헌금 십일조헌금 약정헌금 감사헌금

절기감사헌금 특별주일헌금 의무헌금 구역헌금

은급헌금 선교헌금 헌신예배헌금 건축헌금
어차피 헌금만이 내는 호구가 사랑을 독차지
믿음 소망 사랑 그중에 편애가 제일 낮더라
목사는 헤카테인가
난 가나안 성도

교회를 무엇으로 가나
다양한 사람들이 있거니와
인맥을 쌓기 위해서인가
왜 그곳에서 시장을 열고
왜 그것을 사주는 것인가
결국 다 끼리끼리 상부상조
예배 시간에는 꾸벅꾸벅 졸고
축도가 끝나면 모여서 친목질을 하네
소외계층은 교회에서도 소외가 되네
당신들 이웃을 사랑하라는 말을 아나
난 가나안 성도

주일헌금 십일조헌금 약정헌금 감사헌금
절기감사헌금 특별주일헌금 의무헌금 구역헌금
은급헌금 선교헌금 헌신예배헌금 건축헌금
난 가나안 성도
난 가나안 성도
난 가나안 성도

7. 예수는 유대인이 죽였어

Jesus was killed by the Jews

나는 전능하신 아버지 하나님 천지의 창조주를 믿습니다
나는 그의 유일하신 아들 우리 주 예수 그리스도를 믿습니다
그는 성령으로 잉태되어 동정녀 마리아에게서 나시고
본디오 빌라도에게 고난을 받아 십자가에 못 박혀 죽으시고
본디오 빌라도에게 고난을 받아 십자가에 못 박혀 죽으시고
본디오 빌라도에게 고난을 받아 십자가에 못 박혀 죽으시고

왜 본디오 빌라도에게 고난을 받았다고 하는가
본디오 빌라도는 예수를 무죄라고 하지 않았던가
예수를 십자가의 곁으로 내몰았던 것은 아브라함의 자손
유대인이지 않은가
유대인은 예수를 재물 삼아 자신들의 목숨을 부지하기 바빴
지 않은가
예수의 머리 위에 있던 유대인의 왕이라는 글귀에 치를 떨지
않았던가
누가 유다를 욕해 누가 유다를 욕해 누가 유다를 욕해

생일조차 모르는 예수를 신으로 만든 이는 누구인가

예수의 가르침을 받은 열두제자들이 아닌가
예수가 유명해진 것은 언제인가
예수가 죽은 후가 아닌가
예수가 살아있을 적에 예수를 싫어한 사람들은 누구인가
유대인이지 않은가
나는 예수를 모르오
나는 예수를 모르오
나는 예수를 모르오

출생도 분명하지 않고 행적도 분명하지 않고
십자가에 못 박혀 죽었는지도 분명하지 않고
그런 그를 믿는다고 하니 나는 모르겠소
나를 이단이라 부른다면 당신들도 이단이 아니오
이단심문관은 누가 할거요

8. 주님의 길

The road of alcohol

당신이 따르는 주님의 길
순간의 쾌락과 영원의 고통
당신이 따라간 주님의 길은
즐거운 천국이 아닌 적막한 지옥
자신의 몸을 제물 바쳐 얻는 환희
당신의 주님은 당신의 어느 곳을 뺐을까

당신은 무엇을 위해서 이 독약을 따르나
당신은 무엇을 위해서 이 독약을 삼키나
당신은 무엇을 위해서 이 독약을 섬기나
당신은 무엇을 위해서 이 독약을 따르나
당신은 무엇을 위해서 이 독약을 삼키나
당신은 무엇을 위해서 이 독약을 섬기나

당신이 따르는 주님의 길
순간의 쾌락 영원의 고통
당신의 주님이 만든 당신의 아이
주님이 만들어 주심에 환호하며

35

다시 주님께 아이를 바치네
아이와 함께 기쁨이 넘쳐흘러
당신의 주님은 당신의 아이를 탐하네
당신이 따르는 주님의 길 끝엔
당신의 몸이 바쳐진 곳
그곳에서 당신의 몸을 찾으리

당신은 무엇을 위해서 이 독약을 따르나
당신은 무엇을 위해서 이 독약을 삼키나
당신은 무엇을 위해서 이 독약을 섬기나
당신은 무엇을 위해서 이 독약을 따르나
당신은 무엇을 위해서 이 독약을 삼키나
당신은 무엇을 위해서 이 독약을 섬기나

9. In Dubio Pro Reo

In Dubio Pro Reo
In Dubio Pro Reo
In Dubio Pro Reo

의심스러운 것은 피고인에게 유리하게
세계인권선언 제11조 제1항
모든 형사피의자는 자신의 변호에 필요한 모든 것이
보장된 공개 재판에서 법률에 따라 유죄로 입증될 때까지
무죄로 추정받을 권리를 가진다.
대한민국 헌법 제27조 제4항
형사피고인은 유죄의 판결이 확정될 때까지는 무죄로 추정
된다
형사소송법 제325조 무죄의 판결
피고사건이 범죄로 되지 아니하거나
범죄사실의 증명이 없는 때에는
판결로써 무죄를 선고하여야 한다

In Dubio Pro Reo

대한민국은 증거재판주의

형사소송법 제307조 증거재판주의

제1항 사실의 인정은 증거에 의하여야 한다

제2항 범죄사실의 인정은 합리적인 의심이 없는

정도의 증명에 이르러야 한다

용의자는 이미 피고인이 되어있고

경찰은 진범을 잡지 못하니 진범을 만들어 사람을 가두네

억울한 옥살이가 한둘이겠나

밝혀지지 못하면 평생 옥살이를 해야지

경찰복을 벗고 죄수복을 입어봐야 억울함을 알지

잘못에 반성이나 하려나 몰라

이러면서 수사권을 달래

경찰이 검사보다 나은 것이 뭔가

사법시험을 통과했나 변호사 시험을 통과했나

그저 객관식 몇 개나 찍고 주관식 몇 자나 쓰고

그러면 입는 거지 경찰복

꼬우면 검사 준비하던가

아 로스쿨부터 가야겠구나

In Dubio Pro Reo In Dubio Pro Reo

In Dubio Pro Reo In Dubio Pro Reo

10. 죄형법정주의

Nullum crimen nulla poena sine lege
법률 없으면 범죄 없고 형벌 없다
대한민국 형법 제1조 범죄의 성립과 처벌
제1항 범죄의 성립과 처벌은 행위 시의 법률에 의한다
죄형법정주의 다섯 가지
소급효금지의 원칙 관습형법금지의 원칙
유추해석금지의 원칙 명확성의 원칙 적정성의 원칙

대한민국 형법에 죄형이 정해져 있는데
특정범죄 가중처벌 등에 관한 법률은 왜 있어야 하나
빵 하나라면 하나 달걀 하나 훔쳐도 최소 징역 1년
마약 음주운전 아동학대 협박 폭행
성폭행 성추행 성매매 횡령 탈세
셀 수도 없는 중범죄들이 집행유예선고
이거 죄형법정주의냐
양형기준은 있기는 하나
범죄도 악독한 놈들이 선처를 받고
선처를 받아야 할 것에 징역을 받네

이게 대한민국의 죄형법정주의인가
누구를 위한 법치주의인가
무전유죄 유전무죄

형법 제10조 심신장애인
제1항 심신장애로 인하여 사물을 변별할
능력이 없거나 의사를 결정할 능력이
없는 자의 행위는 벌하지 아니한다
제2항 심신장애로 인하여 전항의 능력이
미약한 자의 행위는 형을 감경할 수 있다
술만 먹으면 심신미약으로 감형
대법원 1999. 8. 24. 선고 99도1194 판결
법원이 독자적으로 판단하여 감형
술이 법보다 위

11. 종막극

나는 언제 어디서 어떻게 왜 죽을까
50년 뒤 10년 뒤 5년 뒤 1년 뒤 1달 뒤 내일 오늘
창밖의 풍경이 보이는 안락한 1인실에서
함께 늙어간 사랑하는 아내와 나를 꼭 빼닮은 아들딸이
귀여운 손주를 안고 눈물을 흘리는 모습을 보게 될까
다리에 힘이 없어 움직이지도 못하는 노쇠한 몸이 되어
요양병원 한편에서 하얀 천장을 바라보며 누군가
의사를 부르는 소리를 들으며 천천히 눈을 감을까
차가운 바람이 들어와 이불을 덮고 있어도
등이 시리고 거친 숨에 입김이 나오는 방안에서
아무에게도 도움을 청하지 못한 채 움직임을 멈추어 가는
심장의 박동 소리를 들을까
나는 알 수가 없네

참을 수 없는 괴로움에 스스로 손목을 그어버릴까
약으로도 지울 수 없는 환청에 독약을 먹어버릴까
끝이 없는 눈물에 어둠을 삼킨 강물에 몸을 던져버릴까
어떻게 어둠이 내릴까

나는 알 수가 없네

당신은 자신의 최후를 생각해 본 적이 있습니까
당신은 언제 죽을 것이라 생각하십니까
그저 먼 미래라고 생각하십니까
오늘일지 생각해 본 적 없습니까
당신은 어디서 죽을 것이라 생각하십니까
그저 안락한 곳이라고 생각하십니까
골방이라 생각해 본 적 없습니까
당신은 어떻게 죽을 것이라 생각하십니까
그저 평안하게라고 생각하십니까
고통이라 생각해 본 적 없습니까
당신은 알고 있습니까

나는 어떤 막을 내릴까

12. Cigarette

50 00 00

71 43 2

108 88 3

91 20 3

7440 02 0

108 95 2

7664 41 7

98 95 3

79 06 1

7439 43 9

100 42 5

75 21 8

7439 97 6

7440 47 3

107 02 8

75 56 9

107 13 1

54 11 5

7440 38 2

67 64 1

75 07 0

50 32 8

630 08 0

1746 01 6

100 41 4

76180 96 6

75 01 4

16543 55 8

78 93 3

1162 65 8

62 75 9

74 90 8

7782 49 2

302 01 2

64091 91 4

106 99 0

1319 77 3

78 79 5

91 59 8

110 00 9

7440 48 4

108 05 4

55 18 5

91 64 5

51 79 6

91 22 5

60 35 5

56 55 3

218 01 9

7440 41 7

134 32 7

1116 54 7

92 67 1

120 80 9

105650 23 5

123 38 6

75 52 5

4170 30 3

205 99 2

207 08 9

87 62 7

67730 10 3

3697 24 3

95 48 7

95 53 4

53 70 3

331 39 5

67730 11 4

90 04 0

79 46 9

68006 83 7

7400 61 1

10595 95 6

930 55 2

494 52 0

100 75 4

271 89 6

494 97 3

193 39 5

62450 06 0

27208 37 3

13256 22 9

192 65 4

189 55 9

191 30 0

195 19 7

202 33 5

62450 07 1

59 89 2

#정규_2집

Atonement

1. 비와 우산 그리고 너

밤 열 시쯤 되었을 거야
독서실에서 나왔는데 비는 오고 있고
우산이 없다는 연락을 받았을 때
나는 망설이지 않았어 귀찮지 않았어
우산 두 개를 들고 아쿠아 슈즈를 신고
버스 정류장으로 달려갔어
운이 좋게 독서실 앞까지 가는 버스가 정차해 있었어
비가 내려도 하늘이 돕는구나 생각했어
버스에 올라 카드를 찍고 신호가 안 걸리길 기도했어
이럴 수가 정말 빨간불 한번 없이 독서실 앞 정류장까지 왔어
버스를 내리니 횡단보도 건너편 건물 처마 밑에 서있는 너를
봤어
눈이 마주친 우리는 서로 손을 흔들었어
기분이 좋았어
비가 우산에 부딪히는 소리 습하지만 선선한 바람
신발 구멍으로 들어오는 빗물의 느낌
그리고 나를 기다리는 너의 모습까지
완벽했어

신호가 바뀌고 너의 앞에 섰어
챙겨온 우산 하나는 슬그머니 숨겼어
많이 기다렸지 집에 가자
우리는 서로 팔짱을 끼고 우산 아래
둘만의 공간을 만들었어
오른쪽 어깨가 젖고 있다는 것이 오히려 행복했어
아무도 없는 거리에는 오직 비와 우산 그리고 우리가 있었던
거야
양쪽의 가로등은 집으로 안내하는 호위무사 같았고
그 안내를 받아 우리는 천천히 발걸음과 호흡을 맞췄어
이런 벌써 도착해 버렸잖아
그래 아쉽지만 나의 임무는 완수했어
조심히 들어가 내일 보자 잘자
나는 천천히 길을 되돌아갔어
나도 모르게 웃음이 났어
이 빗소리 이 공기 이 느낌
그래 정말 완벽한 날이었어

2. 너를 바래다주던 길

The road

너의 집으로 가던 그 길에는
너와 내가 마주 앉아있던 찻집이
빵집에서 바게트를 고르던 우리의 모습이
조심히 들어가라는 나의 모습이
조심히 가라는 너의 모습이
그 길 위에 고스란히 남아서
다시 갈 수 없는
너를 바래다주던 길

너를 만나러 가던 그 길에는
같이 걸어가던
같이 웃고 울던
같이 사랑하던
너와 내 모습이 보여서
다시는 걸어갈 수 없는
너의 집으로 가던 길

그 길로 걸어가면

너를 만날까 봐 두렵지만
다시 한번 너를
너를 보고 싶어

보고 싶어도 볼 수 없고
만나고 싶어도 만날 수 없는
내 추억 속에 너를 만나러
다시 갈 수 없는 그 길에서
너를 추억하려 해

3. 우정링

Friendship ring

친구와 같이 샀다며
네모난 실반지를 끼고 온 너
우정링이라 자랑하며 웃던 너
그 천 원짜리 반지 안에는
얼마나 많은 고민이
얼마나 많은 웃음이
얼마나 많은 기쁨이
얼마나 많은 우정이
들어있었을까

친구와 같이 샀었던
네모난 실반지가 없어졌을 때
우정링이라며 찾으러 간다 하던 너
그 천 원짜리 반지가 뭐라고
그걸 찾으러 가냐고 호통치던 나
근처 가게에 들러서 똑같은 반지 하나
사면 되는 거 아닌가 생각하던 나
나는 왜 그 반지 안에

얼마나 많은 고민이
얼마나 많은 웃음이
얼마나 많은 기쁨이
얼마나 많은 우정이
들어있었는지 알지 못했을까
나는 왜 알지 못했을까

끝내 찾으러 가지 못하게 한 나 때문에
우정링은 잃어버렸고
단지 천 원짜리 반지를 잃어버렸다고
생각한 나였지만
잃어버린 것은 반지가 아니었네
그 감추었던 감정 안에는
얼마나 많은 실망과
얼마나 많은 슬픔과
얼마나 많은 설움과
얼마나 많은 눈물이
들어있었을까

나는 왜 그때 알지 못했을까
나는 왜 그때 알지 못했을까

4. 스트라이프

Stripe

하얀색 배경에 검은색 얇은 줄무늬
그대가 자주 입던 스트라이프 티셔츠
그 스트라이프 티셔츠를 보면 그대가 생각난다
짙은 갈색빛이 도는 생머리에
스트라이프 티셔츠를 입은 사람을 보면
혹시나 그대가 아닐까
나도 모르게 유심히 보게 되어
내가 지금 무슨 짓을 하는 것인지 화들짝 놀라
다시 정신을 차리지만
역시나 그대가 아님을 알지만
그대 생각이 난다
그 옷은 유행도 없는 것인지
길거리를 서성이면 꼭 한번은 보게 되는 것에
나는 괴롭기만 하다
그대를 잊으려 해도 그대의 모습이 담긴 것이
너무나도 흔한 것에 나는 한탄스럽다
그대를 잊는 것이 나는 너무나 어렵다
하얀 배경에 검은색 얇은 줄무늬

이 스트라이프 티셔츠가 없어지는 날이 있을까
혹여 없어지더라도 내가 그대를 잊을 수 있을까
아니 그럴 수 없을 것이다
내가 그대를 잊는다는 것은
세상에서 스트라이프 티셔츠가 없어진다는 것과 같은 것이
니깐
그래 내가 평생 그대를 기억하는 것
그것이 나에게 내려진 벌이자 속죄일 것이다
그래 그럴 것이다

5. 골든 리트리버

너의 빛나는 모습을 처음 보았을 때
말로 형용할 수 없는 아름다움을 느껴서
질투가 나버린 거야
더없이 맑은 웃음으로
나 하나만 보는 진실한 눈빛으로
불어오는 바람에 자연스레 흩날리는
금빛이 다른 사람에게 갈까 봐
질투가 나버린 거야

너에게 화내는 법을 가르쳐 버린
내가 미안해

순수한 네가 다른 사람에게 따라갈까 봐
목줄을 더욱 조이고
귀여운 네가 날 버려두고 떠날까 봐
모진 말로 꾸짖고
이뻐진 네가 난 감당할 수 없을까 봐
상처를 내어버려서

너에게 화내는 법을 가르쳐 버린
내가 미안해

이미 내 곁을 떠난 너지만
그 사람과 행복하게 지냈으면 해
널 잡을 용기도 널 떠나보낼 용기도 없었던
아무것도 없었던 나는
웃는 얼굴에 못된 말을 해버린 나는
너에게 상처 주었던 말들을
이제야 사과를 해
미안해

6. 그래 다 꿈이었던 거야

우연히 너의 집 근처를 지나가는데

대문 앞에 나와있는 너를 보게 된 거야

나는 그 자리에서 얼어버렸지만

나를 알아본 너는 나를 향해

환한 미소로 다가오라는 손짓을 했어

나는 정말 기쁘게 달려가

너의 앞에 서서 잘 지냈는지 물어봤어

나의 물음에 너는 웃으며 끄덕여 줬어

반가움과 기쁨에 나도 모르게 너의 손을 잡아버렸어

순간 놀랐지만 웃고 있는 너의 미소를 보며 안심했어

하지만 너의 말 한마디에 나는 귀를 의심하며 다시 깜짝 놀라
버렸어

안아줘 내가 지금 잘못 들은 것은 아니겠지

나는 물었어 남친은

헤어졌어 그 말을 들은 나는 망설임 없이 꼭 끌어안아 줬어

정말 행복했어 다시는 너를 보지 못할 거라 생각했고

다시는 안아줄 수 있을 거라 생각하지 못했어

정말 행복했어

행복감에 나는 눈을 떴어
순간 상황 파악이 되지 않았어
그래 꿈이었던 거야
다 꿈이었던 거야
우린 헤어진 거야
그것도 아주 오래전에 말이야
그래 그런 거야
다 한 편의 꿈이었던 거야
그래 그런 거야

7. 코알라

Koala

너가 그렇게 싫지는 않았어

항상 밝고 애교도 많고

솔직히 귀엽게 생겼잖아

나도 그렇게 싫지는 않았어

같이 영화를 볼 때는 살짝 설렜어

아무 감정이 들지 않았다면

그건 사람이 아니었을 거야

한밤중에 배가 고프다며

햄버거 먹으러 가자고 말했을 때는

우리 사이가 이렇게 가까워졌구나

생각이 들었어

그래 솔직히 재밌었어

주말에 만나 꽤 오랫동안 걸었을 때

그래 나쁘지 않았어

걷는 동안 너는 나에게 이것저것 질문을 했어

나도 알았어 네가 나를 좋아한다는 것을 말이야

하지만 나는 눈치가 없는 척 너의 질문에

너를 빼고 대답을 했어

지금 좋아하는 사람이 있어
나는 한 사람에게 빠지면 다른 사람은 관심 없어
그래 나는 다 알고 있었어
내가 어떻게 너와 사귈 수가 있겠어
친구의 전 여자친구인데

친구의 사이가 멀었던 것도 아니야
그 당시에는 꽤 친밀도가 있었거든
혹시나 몰라 내가 친구에게서
너에 대한 말을 듣지 않았다거나
친구와 교실에서 뽀뽀하는 모습을
보지 않았다면 내가 너를 좋아하게 되었을지
하지만 우리가 어떻게 사귈 수가 있겠어
친구의 전 여자친구였던 너를 상대로 말이야
우리는 같은 교실에 있었지만
더는 그 교실 밖으로 나갈 용기가 없었어
아니 그럴 수는 없었지
그렇게 됐어 이제 와서 뭘 어쩌겠어
그냥 잘 살았으면 좋겠어
안녕

8. 11월 11일

나는 이미 알고 있었죠
우린 여기까지라는 걸
나는 받아들일 수가 없어
우린 아직 인연이라 믿었죠
나는 이미 알고 있었죠
우린 아무 사이 아닌걸
서로 연락 한번 안 하는
우린 이미 모르는 사이였죠

1년에 한 번뿐인 그대의 날에
나는 조그마한 선물을 보내요
나를 잊지 말라고
나를 기억하라고
나를 잊은 그대가 나를 기억하라고

이미 끊어져 버린 인연을
끊을 용기가 나지 않아서
끊어져 버린 연을 날려버리지 못하는

나는 올해도 너의 생일에 선물을 보내

그래 사실 우린
우리라 할 수 있는 사이가 아니잖아
그저 나는 같은 공간에 있는 너를
그저 멀리서 지켜만 보고
그저 바라만 봐도 기분이 좋은
말 한마디 붙이지 못하는 그런
사람이었으니깐
나는 그런 사람이었으니깐
나는 올해도

이미 끊어져 버린 인연을
끊을 용기가 나지 않아서
끊어져 버린 연을 날려버리지 못하는
나는 잊지 못한 너의 생일에 선물을 보내

9. 연예인은 공인이 아니야

Celebrities are not public figures

아무도 시선을 주지 않는
뒷모습부터 시작해
커피를 마시는 사람
지나가는 행인 누군가
나의 역할은 주목받지 못하는 배경
그러다 우연히 찾아온 한 마디 대사
드디어 나도 배우로 인정받는 것인가
행복하고 감격스러웠어
하지만 나를 주목하는 많은 시선과 카메라
호흡은 가쁘고 시선은 불안정해
한 마디의 대사를 하지 못해
모두의 눈총을 받네

그래 그런 때도 있었지
이제는 날 위한 대본이 쓰이고
사람들은 나의 말과 행동 하나하나에
집중을 하네
근데 왜 싸우고 그래

나는 그저 배우일 뿐인데
나는 공인이 아니야

연예인은 공인이 아니야
그저 내가 하고 싶은 것을
열심히 했을 뿐인데
어느 순간 나는 연예인이 아닌
공인이 되어있어
나는 부담스러워
나는 연예인일 뿐인데

매일 같은 곳으로 출근을 해
이 연습실에 들어가기 위해
얼마나 많은 오디션을 봤는지 몰라
그렇게 부여된 연습생이라는 이름
그 이름을 그렇게 오래 달고 있을지 몰랐어
나와 같이 춤추고 노래 부르던 친구들은
모두 떠나가고 나 혼자 이 큰 무대에 서있어
나의 팬은 아무도 없어 너무 외로워

그래 그런 때도 있었지
이제는 날 위한 노래가 쓰이고
사람들은 나의 말과 행동 하나하나에

집중을 하네
근데 왜 싸우고 그래
나는 그저 가수일 뿐인데
나는 공인이 아니야

연예인은 공인이 아니야
그저 내가 하고 싶은 것을
열심히 했을 뿐인데
어느 순간 나는 연예인이 아닌
공인이 되어있어
나는 부담스러워
나는 연예인일 뿐인데

10. 어제가 오늘에 내일로

Yesterday Today Tomorrow

눈을 뜨기 힘든 아침
해도 뜨지 않은 아침
매일 같은 시간 우는
알람 소리에
매일 같은 시간 눈을 뜨는
나의 모습이
항상 같은 시간
항상 같은 곳에
어제와 같이 오늘의
첫차를 기다리는 사람들
정해진 듯 오늘도 어제와 같은
자리에 변함없이 앉아
어제가 오늘의 내일로

반복되는 하루에 영혼이 사라져 버린 나

눈앞의 현실이 내 속에 남아있던
작은 꿈조차

보이지 않게 커져버려서
이젠 입 밖으로조차
손짓 하나조차 하지 못해서
더 이상 찾을 수도 없어서
허수아비가 되어버린 나
어제도 오늘도 내일도 그 자리에

매일 하루의 끝은 캄캄한 밤
아무도 없는 길거리에 가로등 불빛만이
축 처진 어깨에 손을 올려
오늘도 수고했다 말하네

내일은
햇빛을 볼 수 있을까
난 빛을 볼 수 있을까

내일이 사라져 버린 나

눈앞의 현실이 내 속에 남아있던
작은 꿈조차
보이지 않게 커져버려서
이젠 입 밖으로조차
손짓 하나조차 하지 못해서

더 이상 찾을 수도 없어서
허수아비가 되어버린 나
어제도 오늘도 내일도 그 자리에

어제가 오늘의 내일로

11. 달님

Moon

어두운 밤 저 하늘에 떠있는 달은
어둠의 친구가 되어주려 빛을 내려주는가
어둠은 달빛의 손을 잡고 거리의 평행선을 그리네
어둠은 친구가 생겨 더 이상 외롭지 않네 더 이상 울지 않네

달빛과 함께인 어둠은 두렵지 않은 어두움
달빛과 함께인 어둠은 차갑지 않은 어두움
오늘의 달님은 새초롬한 초승달인가
오늘의 달님은 보물 같은 보름달인가
오늘의 달님은 그리워진 그믐달인가
어두운 밤 저 하늘에 떠있는 달은 쉬는 날이 없네
아득히 먼 달빛이 아늑히 비춰오면 어둠이 무섭지 않네

달빛과 함께인 어둠은 두렵지 않은 어두움
달빛과 함께인 어둠은 차갑지 않은 어두움
아득히 먼 달빛이 아늑히 비춰오면

12. 전원을 꺼줘

Turn off

이부자리에 편안하게 누워

심호흡을 하고 온몸에 힘을 풀어

눈을 자연스럽게 감고 아무런 생각이 들지 않게

머리를 비워

시간이 얼마나 지나갔을까

벌써 한 시간이 지났네

잠이 들지 않아

왜 잠이 들지 않을까

눈이 따갑고 등은 배기기 시작해

너무 괴로워 아침이 되면 웃어야 하는데

잠이 들지 않아

낮에 들었던 모진 말들이 생각이 나

억울하게 오해를 샀지만

해명을 하지 못했어

그땐 이렇게 말했어야 했는데

왜 가만히 당하고만 있었을까

화가 나

이제 정말 잠에 들어야 해

처방받은 약을 먹자

약을 먹었으니 이제 잠에 들겠지

시간이 얼마나 지났을까

창문으로 푸른빛이 들어오네

벌써 아침이구나

오늘도 못 잤네

제발 제발 누군가 있다면 나의 전원을 꺼줘

제발 나의 전원을 꺼줘

제발

#정규_3집

Sincerity

1. Enemy is down

Good day to die

모두들 도망쳐
난 지금 눈에 뵈는 게 없으니
너희들 숨는 거 잘하잖아
빨리 도망쳐
이건 마지막 경고야

보이지 않는 곳에서
저격할 땐 몰랐겠지
죽은 줄만 알았던 사람이
눈앞에 있으니 어때
이제 벌을 줄 테니 달게 받아

Enemy is down
Enemy is down
Enemy is down

빨리 모습을 보여
나의 분노가 더 커지기 전에
흔적을 지우고 도망가면
모를 줄 알았나
완전 범죄란 없어
네가 쏜 총탄이
내 몸에 박혀있잖아
이제 벌을 받을 시간이야

Enemy is down
Enemy is down
Enemy is down

너희들의 범죄일자를 말해줄게
2017년 12월 18일
2019년 10월 14일
2019년 11월 24일
더 말하기엔 치가 떨리는군
내가 이날들을 기억해야 한다는 것에
화가 치밀어 올라
당신들이 저지른 거야
저 날들은 아무 의미 없어야 되는
날들이었어

당신들이 저지른 거야

Enemy is down
Enemy is down
Enemy is down

Ah Good day commander

2. 게을러질 수 없어

게을러질 수 없어
게을러질 수 없어
게을러질 수 없어
나는 게을러질 수 없어
나에게 남은 단 한 가지 장점
부지런하다는 것
하지만 부지런하게 몸을 움직이는 것은
결코 쉬운 일이 아니야
현실에 안주하여 의지는 약해지고
조그마한 성과에 취해
사력을 다하지 않고
배가 고프지 않음에
곳간을 채울 생각을 하지 않아
나는 절대 게을러질 수 없어
나는 결코 게을러질 수 없어
내가 진 빚이 많아
나에게 도움을 주었던 사람들을 생각하면
내가 나태하다는 것은 스스로 죄인이 되는 것

아직 빚을 다 갚지 못했어

나는 빚을 다 갚을 때까지

결코 나태해질 수 없어

능력이 아무리 좋아도

게으르다면 결과물은 나오지 않아

성경에서도 말하잖아

게으른 것이 가장 큰 죄악이라고

나는 쉼 없이 달려야 해

노력의 결과로 얻은 빵에

배가 부르다고 결코 쉬어서는 안 돼

나를 도와준 이들에게 빵이 아닌

고기를 사줘야 해

나는 달려야 해

나는 게을러질 수 없어

게을러진다는 것은 스스로 죄인이 되는 것

하지만 고등학교 선생님께서 말씀하셨어

생각 없이 부지런하기만 하면 노예일 뿐이라고

나를 믿고 나의 길에서 부지런히 달려야 해

나는 결코 게을러질 수 없어

나는 게을러질 수 없어

3. NEWS

N E W S

North East West South

북쪽 동쪽 서쪽 남쪽

뉴스를 볼 때 이상한 점을

느끼지 못하셨나요

뉴스에서 매일 전하는 소식은

정치 이야기 사건 이야기

사고 이야기 경제 이야기

하나부터 열까지 부정적인 이야기뿐이네

북쪽에서는 정치 이야기

동쪽에서는 사건 이야기

서쪽에서는 사고 이야기

남쪽에서는 경제 이야기

사방에는 나쁜 것들 뿐이네

뉴스를 보다 보면 세상에는

나쁜 일들만 일어나나 싶어

세상은 넓고 다양한데 말이야

뉴스를 보다 보면 말이야

내가 사는 세상이 정상인가 싶어
이렇게 나쁜 일들만 일어나는데
살아가고 있는 나도 부정적으로 생각이 들어
세상은 넓고 다양한데
매일 나쁜 일들만 일어나는 걸까
좋은 일들도 많이 일어나고 있지 않을까
좋은 일들도 뉴스에서 다루어 줬으면 해
사람들이 긍정적인 마음을 가질 수 있도록 말이야
세상이 너무나도 칙칙해
세상에는 이렇게 좋은 일들이 많이 있다는 것
세상에는 이렇게 좋은 사람들이 많다는 것
뉴스에서 다루어 줬으면 좋겠어
내 주변에는 좋은 일들만 일어나고 있다고
뉴스에서 말해줬으면 좋겠어

4. 값을 매기지 않은 사랑

Unpaid love

사랑의 시작은 아마 유치원에

다니고 있었을 때였을 거야

아침 8시면 노란색 커다란 차가

기다리고 있었고 차 문이 열리면

선생님께서는 어서 오렴 인사하셨지

나는 항상 내가 짝사랑하던 아이의 옆에 앉았어

사실 그게 사랑인지도 몰랐지만 이제 와 생각해 보면

사랑이었겠구나 생각이 들어

초등학교 3학년 때였을 거야 운동회 율동 연습을 하는데

짝꿍이 하필 좋아하던 아이였던 거야

율동이긴 하지만 서로 손을 맞잡는 부분에서는 덤덤한 척했

지만

손에 땀이 많이 났었어

그래서 시간이 조금 지나고 고백을 했지만 시원하게 차였었지

고등학생 때는 이제 눈치가 생기니깐 내가 좋아하는 사람이

나를 좋아하는가 알게 되잖아 그래서 사귀는 데 어려움은 없

었어

그때 우리는 쉬는 시간 10분마다 복도에서 데이트를 하고

하루에 만 원이면 놀고 밥 먹고 디저트까지 충분했었어

이제는 사랑하기가 겁나 여자친구에게 맛있는 것도 먹여주고
싶고

데이트로 좋은 곳도 많이 가고 싶고 자주 만나고 싶은데

만날 때마다 돈이 너무 많이 들어서 그럴 수가 없어

공원 벤치에 앉아서 서로 바라보며 이야기를 나누는 것도 좋
지만

그것도 한두 번이지 말이야

이제 사랑을 하는데 값을 매기더라고

이 사람이 어떤 사람인지 무슨 일을 하는지

뭐 그 외에도 많지

어릴 때는 좋아한다는 감정 하나만 있으면 되었는데

지금은 사랑하는데 필요한 게 너무 많아

그래서 이제 사랑하는 것 그만두려고

후회하지 않아 할 만큼 했는 것 같아

5. 내 집은 어디에

지방 토박이였던 나는 운이 좋게
서울에 일자리를 얻어
꿈에 그리던 상경을 하게 되었어
엄마 엄마 내가 서울 가서 돈 많이 벌어올게
엄마도 이제 자식 덕 봐야지
내가 먹고 싶은 거 다 사줄게
집도 넓은 곳으로 이사 가자
에이 엄마 나도 능력 있어
나 간다

서울로 갈 때는 자신만만하게 말했었는데
그게 쉽지가 않네
서울은 너무나 달랐어
사람들이 너무도 많았고
건물들이 높아 땅이 꺼지지는 않을까 걱정이 되었어
정신이 없었지만 나도 서울 사람이구나
뿌듯했었어

회사에서 조금 먼 곳에 방을 하나 잡았어
회사 근처에는 너무 비싸서 말이야
방세가 월급에 반이었지만 일을 다니려면 어쩔 수 없었어
좋아 좋아 사회초년생은 어쩔 수 없지
파이팅 파이팅 스스로 기합을 넣었어

일은 바빴어 하루 종일
숨을 고를 시간이 없었어
그래도 괜찮았어 매달 들어오는
월급이 있었고
나의 등을 붙일 방이 있었어
창문을 열면 건넛집 창문이
손에 닿을 듯했지만
아무튼 어째 여긴 내 방인걸

시간이 지나 나도 대리를 달았어
월급도 조금 올랐지만
이상하게 돈이 모이지 않았어
왜일까 통장을 보는데
방세가 너무 많이 나갔어
그래 전세를 구해봐야겠다
전세를 찾으니 매매와 별반 다르지 않았어
아니 이럴 거면 왜 전세에 사는 거야

그냥 집을 사면 되는 거 아니야
했지만 나는 전세금이 없었어
한숨을 쉬었어
분명 일을 하면 돈을 많이 모을 줄 알았는데
바람을 쐬러 밖으로 나와 길을 조금 걸었어
고층 아파트들이 눈앞에 가득했어
저 아파트에 사람들이 다 사는 걸까
집이 저렇게 많은데 왜 내 집은 하나 없을까
저 집은 어떻게 산 걸까
의문이 들었어
나는 한 푼도 안 쓰고 살아도 못 살 가격인데
내 집은 어디에 있을까
내 집이 생기기는 할까
에휴 월세나 내야겠다

6. 세상을 바꾸고 싶었는데

키가 100cm도 안 되었을 때였을 거야
선생님께서 물었어
여러분들은 커서 무엇이 되고 싶나요
저는 의사가 되어서 아픈 사람들을 고쳐줄 거예요
저는 변호사가 되어서 억울한 사람들을 도와줄 거예요
저는 우주비행사가 되어서 달나라를 여행할 거예요
저는 공룡 박사가 되어서 공룡의 비밀을 파헤칠 거예요
저는 축구선수가 되어서 세계적인 선수가 될 거예요
저는 대통령이 되어서 살기 좋은 나라를 만들 거예요

다들 그렇게 세상을 바꾸려고 했는데
지금은 다들 세상 속에 녹아들었네
저 시절 꿈들은 헛된 바람이었을까
아니면 철없는 아이의 허상일 뿐이었을까
저 아이의 꿈은 지금의 자신이 아니었을까
아무것도 모르는 아이일 때는 한계란 없었는데
지금은 스스로 한계를 만들어 작아지려 하네
저 아이보다 키도 크고 글도 잘 읽고

밥도 잘 먹고 달리기도 잘하는데
저 때보다 더 작아져 버렸네
나도 세상을 바꾸고 싶었는데
세상을 바꾸고 싶었는데
바꾸고 싶었는데

키는 작지만 세상보다 컸던 아이
키는 컸지만 세상보다 작은 어른

나도 세상을 바꾸고 싶었는데
세상을 바꾸고 싶었는데
바꾸고 싶었는데
어느샌가부터 나는 작아지고 있었네

7. 사주팔자

사주란 무엇인가
사람이 태어난 연월일시를 말하는 것이지 않은가
그럼 팔자는 무엇인가
사람의 한평생의 운수를 말하는 것이 아닌가
한 해가 저물거나
한 해가 뜨거나
사주팔자를 많이 보러 가는데
이미 그 사주팔자를 자신의 과거에
끼워 맞추고 있지 않은가
곰곰이 생각해 보면 사람 누구에게나
해당하는 말들인데 말이야
꼭 자신에게만 해당되는 말인 양
용하다고 믿고 있어
어떻게 사람이 1년에 좋은 일만 있고
나쁜 일만 일어나겠어
좋고 나쁜 일들이 새옹지마 일어나는 거지
사주팔자가 있다면 너무 억울한 인생이지 않아
자신이 아무리 노력을 하고 열심히 살아도

안되는 사람은 안되고
자신이 아무리 방탕하고 허비하며 살아도
잘되는 사람은 잘되고
너무 억울하지 않아
자신의 인생은 자신이 만들어 가는 거야
사람이 얼마나 많은데 자기랑 연월일시가
똑같은 사람이 몇 명이나 될 텐데
똑같은 삶은 살아간다는 것도 웃기지 않아
분명 다르게 살아갈 텐데 말이야
자신의 인생은 자신이 만들어 가는 거야
믿을 것은 자기 자신밖에 없어
자신을 믿어
넌 너이고 소중한 한 사람이니깐

8. 지망생

뜻 지 바랄 망 날 생
뜻을 바라며 살아가는 사람
무엇인가에 뜻이 있다는 것
그것이 얼마나 가치 있는 일인가
하고 싶은 것을 하고 사는 것
하고자 하는 일을 품고 사는 것
얼마나 멋진 사람인가
뜻이 있는 일에 노력하고 도전하는 것
불확실한 성공에 두려움 크지만
불빛 하나 없는 갱도를 나아가는 것
그것이 얼마나 멋진 행위인가
뜻을 위해 계속 나아가야 해
어제 한 걸음 걸었다면
오늘은 두 걸음 걸어야 해
하지만 자신을 속이면 안 돼
금광에 들어왔다고
이제 곧 자신이 금을 캘 것이라고
착각해서는 안 돼

어제 한 번의 곡괭이질을 했다면

오늘은 두 번의 곡괭이질을 해야 해

이제 갱도에 들어왔는데

금이 있을지조차 모르는 광산에 들어왔는데

금맥을 찾은 것처럼 안주하면 안 돼

갱도의 앞이 보이지 않아서

장화가 다 닳아버려서

곡괭이 끝이 무뎌져서

앞으로 나아갈 수 없다고 말해서는 안 돼

자신을 속이지 말아야 해

기회가 오지 않은 것이 아니라

자신이 기회를 만들지 못한 것이라

스스로에게 말해야 해

앞이 보이지 않는 갱도를

어제 한 걸음 걸었다면

오늘은 두 걸음 걸어야 해

어제 한 번의 곡괭이질을 했다면

오늘은 두 번의 곡괭이질을 해야 해

자신은 기회가 오지 않은 것이라

스스로를 속이면 안 돼

9. 하라지 뭐

왜 이렇게 남 일에 관심이 많아
인생을 대신 살아줄 것도 아니잖아
자기 인생이나 신경 쓰세요
자기가 하겠다는데 뭐가 그렇게 말이 많아
걱정된다면 조용히 응원이나 하세요
자 다들 따라 하세요
하라지 뭐 하라지 뭐
하라지 뭐 하라지 뭐
휴학하겠대 하라지 뭐
자퇴하겠대 하라지 뭐
학교 안 간대 하라지 뭐

당사자만큼 상황을 잘 아는 사람 있으면 나와보세요
그 사람이 어떤 생각을 하는지
어떤 재능을 가졌는지
무엇을 하고 싶은지 아는 사람 있으면 나와보세요
모른다면 조용히 응원이나 하세요
자 다들 따라 하세요

하라지 뭐 하라지 뭐
하라지 뭐 하라지 뭐
퇴사하겠대 하라지 뭐
창업하겠대 하라지 뭐
폐업하겠대 하라지 뭐

대신 책임질 수 있으면 조언을 하고 말리세요
아무것도 할 수 없으면서
조언이랍시고 말하지 마세요
당신은 해보기는 했나
도전할 용기도 없는 사람이
무슨 근거로 말을 합니까
그냥 조용히 지켜보고 응원이나 하세요
자 다들 따라 하세요
하라지 뭐 하라지 뭐
하라지 뭐 하라지 뭐
님 인생인데 하라지 뭐
남 인생인데 하라지 뭐
하고 싶으면 하라지 뭐

10. 어른이

Baby adult ⊘

나는 아직도 공 차는 것을 좋아하고
나는 아직도 떡볶이를 좋아하고
나는 아직도 노는 것이 좋은데
나는 어른이 되어있네
그저 시간이 흘러가는 대로
나이에 맞는 대로
그렇게 살아왔는데
어느새 어른이 되어있네
초등학교 시절 삼삼오오 모여
운동장에서 공을 차고
신나게 뛰어놀다 보면 배가 고파
학교 앞 문방구에서 500원짜리
떡볶이를 사 먹는 것이 제일 재밌었는데
중학교 시절 내가 제일이야
생각하며 지내던 질풍노도의 시기
나는 무엇이든지 할 수 있을 것 같았고
무엇이든지 해낼 것 같았지
고등학교 시절 대학에 가야 한다는

압박감이 심하게 들었어
죽을 듯이 공부하지는 않았지만
나름 열심히 공부했어
쉬는 시간에 친구들과 게임 이야기를 하는 것이
제일 재밌었어
대학교 시절은 어떻게 지나갔는지 모르겠어
입학을 했는데 졸업을 하고 있었어
분명 입학한다고 새 옷을 입었는데
갑자기 학사모를 쓰고 사진을 찍고 있어
회사생활에 재미가 어딨어
밥 굶지 않으려고 다니는 거지
하루 이틀 살다 보니 일 년은 금방 지나갔어
분명 봄이었는데 왜 지금 눈이 내리고 있는지 몰라
세월이 어떻게 흘러가는지 몰라
나는 아직 컵떡볶이를 사 먹던 코찔찔이인데
분명 코찔찔이었는데 왜 어른인지 몰라
분명 코찔찔이었는데 왜 주름이 보이나 몰라
분명 코찔찔이었는데 분명 코찔찔이었는데

11. 냉동 돈가스

Frozen pork cutlet

투명한 비닐봉지에
13장이 들어있는
5,000원짜리 냉동 돈가스
돼지고기 25% 닭고기 25%를
갈아 만든 냉동 돈가스
분쇄육으로 만든 패티에
튀김가루를 입힌
돈가스라 할 수 없는
그런 돈가스

돈은 없지만 아들에게
단백질을 먹여야 한다며
큰마음을 먹고 사오시던
그 냉동 돈가스
기름조차 아까워 프라이팬이
눋지 않을 정도로만 기름을 부어
적당하게 익혀 먹은
냉동 돈가스

그 돈가스는 어느 주방장이 와도
따라 할 수 없는 맛
그 맛은 고급 재료도 아닌
능숙한 요리실력도 아닌
사랑의 맛

가격이 얼마이건 재료가 무엇이건
조리를 잘못하던 아무런 상관없던
사랑의 맛

투명한 비닐봉지에
13장이 들어있는
5,000원짜리 냉동 돈가스
돼지고기 25% 닭고기 25%를
갈아 만든 냉동 돈가스
분쇄육으로 만든 패티에
튀김가루를 입힌
돈가스라 할 수 없는
그런 돈가스
그 돈가스가 먹고 싶다

12. 보잘것없는 노래

제 노래를 들어주시는 모든 분들께
안녕하십니까 심상율입니다
제 노래를 어떻게 알고 찾아와 주신 건지
감사하고도 신기할 따름입니다
사실 제 노래가 발매되어도
아무도 모를 줄 알았습니다
제 노래들을 들어주셔서 다시 한번
감사의 인사를 드립니다.
제가 큰 기획사에 소속되어 있는 것도 아니고
심지어 소속사도 없이 작사 작곡 편곡 노래까지
혼자 다 하는 사람인데 찾아와 주시니 놀랍기만 합니다
제 이야기를 하자면 노래를 발매할 때
레드벨벳 선배님들께서 저의 노래를 알아주셨으면 좋겠다
라는 생각으로 곡을 쓰기 시작했습니다
그 생각으로 발매한 첫 번째 곡이
치킨 먹고 싶다 였습니다
노래를 알아주시는 것이
노래가 좋다 나쁘다가 아닌

심상율이라는 사람의 노래가 있네

가 바람이었습니다

제가 이 바람을 이루었는지 못 이루었는지는

알 수 없지만 좋은 곡들을 낸다면

언젠가 저를 알아주시지 않을까 생각합니다

물론 저를 찾아와 주신 여러분들 또한

누구보다도 소중한 분들입니다

제 노래가 생소하실 겁니다

이게 노래가 맞나 싶은 곡들도 있고

가사가 뭐 이래 생각이 드는 곡들도 있고

이해를 못 하시거나 공감이 되지 않는 곡들도 있을 겁니다

그래도 저 나름대로 저의 철학과 노력이 들어있는

모두 소중한 노래들입니다

그래도 새로운 앨범마다 더욱 발전하는 모습을

노래들을 들려드리기 위해

노력하고 있습니다

마지막으로

저의 노래를 들어주시는 모든 분들에게

이 곡을 바칩니다

심상율 올림

#정규_4집

Potentia

1. Guilty

Guilty or not guilty

Guilty or not guilty

Guilty or not guilty

Guilty or not guilty

꼭 법전 안에 있어야만 죄가 되는 건가요

지금 내가 이렇게 아픈데 아파 죽을 것 같은데

눈앞에 보이는 것들이 모두 너와의 추억이 담겨있어서

흐리게 보고 싶어서 눈물을 쏟아보아도

향기가 배어버린 우리의 공간은 코를 막아버려도

나에게도 베여버린 향기를 없애지 못하고

머릿속을 비우기 위해 다시 한번 기억을 끄집어

오히려 선명해진 사진이 되어버리고

잊자 잊자 입으로 말하지만 심장은 아직 너를 향해 뛰어

내가 지금 이렇게 아픈데 내가 이렇게 사랑하는데

이제 사랑하지 못하는 것이 너무 슬픈데

나를 떠나 버린 그대에게 줄 죄목이 없네

꼭 법전 안에 있어야만 죄가 되는 것인가요
지금 내가 이렇게 아픈데 아파 죽을 것 같은데
내가 그대를 잊을 때까지 독방에 가둬줄 순 없나요
그대에게 사랑을 전하지 않은 것에 대한 죄목이
법전에는 없는 건가요
내가 그대에게 받은 사랑이 이렇게 남아있는데
돌려주지 않은 것은 죄목이 없는 건가요
나에게 독방을 주세요
그대를 잊을 때까지 독방에 가둬주세요
판사님 제발 저에게 죄목을 주세요
내가 무죄라는 것은 말이 안 돼요

Guilty or not guilty
Guilty or not guilty
Guilty or not guilty
Guilty or not guilty

2. 철학자가 죽었어

오늘도 철학자가 죽었어
철학자가 하는 말 한마디마다에
청중들은 정신병자를 바라보는 눈빛으로
오글거린다며 돌을 던졌어
철학자는 더욱 위축이 되었어
자신이 하는 말에 사람들이
위안을 얻었으면 위로를 받았으면
희망을 품었으면 하는 말이었는데
오히려 철학자는 환자가 되었네
깊이 생각하는 것 타인을 공감하는 것
심정을 알아채는 것 재미가 없데
사색을 하는 사람은 광대가 되었고
정색을 하는 사람은 병자가 되었네
이미 시인은 멸종했고 남은 철학자는
설 자리를 잃어 그저 공책을 끄적이네
아무에게도 환대를 받지 못하는 말
재미가 없으면 받아들이지 않는
청중들이 철학자를 죽였네

오늘도 철학자가 죽었어
아니 철학자였던 사람들은
사색을 그만두었어
청중들은 철학자를 죽였어
시인은 멸종된 지 오래되었고
남은 철학자들은 사색을 그만두었어
오늘도 철학자가 죽었어
내일은 철학자가 있을까

3. 나는 누굴까

나는 누굴까
이제껏 살면서 가져보지 못한 의문
나는 누굴까
당연하게만 생각했던 나에 대한 존재
나는 누굴까
내가 무엇을 좋아하는지
내가 무엇을 잘하는지
내가 무엇을 하고 싶은지
내가 무슨 색깔을 좋아하는지
내가 무슨 음식을 좋아하는지
내가 무슨 옷을 좋아하는지
나는 모르네
부모님께서 바라시는 나의 모습에
어긋나지 않게
선생님께서 바라시는 나의 모습에
모가 나지 않게
실망을 드리지 않기 위해
나를 기억에서 지웠네

나는 누굴까

생각할 틈이 없었어

내가 좋아하는 것 내가 잘하는 것

내가 하고 싶은 것 기억에서 지웠어

내가 나로 살아가는 것이 허용되지 않으니깐

내가 좋아하는 색 내가 좋아하는 맛

내가 좋아하는 옷 기억에서 지웠어

내가 나로 살아가는 것이 허용되지 않으니깐

내가 나로 살아가는 것

이제 생각해봐도 생각나지 않네

내가 무엇을 좋아하는지

내가 무엇을 잘하는지

내가 무엇을 하고 싶은지

내가 무슨 색깔을 좋아하는지

내가 무슨 음식을 좋아하는지

내가 무슨 옷을 좋아하는지

기억이 나지 않네

내가 나로 살아가는 것

그것이 내가 이제야 바라는 것

내가 나로 살아가는 것

그것이 내가 이제야 생각나는 것

4. 쪽방

벽에 머리를 대고 누워도
다리를 쭉 뻗지 못하는 작은 쪽방에서
살아간다는 것은
창살이 없는 감옥과도 같은 삶
나이는 먹을 대로 먹어
받아주는 곳은 없고
국가에서 매월 주는 돈으로 방세를 내면
약값도 안 남네
창틀에 얹어 놓은 다육이에 물을 주는 것이
소소한 삶의 재미라네
옆방에 누군가 살고 있지만
그 흔한 옆간소음 하나 없네
방과 복도에 자주 나타나는 바퀴벌레는
그저 익숙해져 친구와 같은 사이가 되어버렸네
고독을 채우기 위해 다육이에게 목말랐지 말도 걸어보고
지나가는 바퀴벌레에게
어디를 그렇게 바쁘게 가 말 한마디를 붙여보네
이 쪽방에서 벗어나는 것은 꿈도 꾸지 않는 일

그저 옳은 곳 하나 없는 이 몸이 더 이상 아프지 않았으면 하
는 것이
이제 하나 남은 바람이야
젊었을 때는 누구보다 열심히 살았는데
전국 방방곡곡 일이 있는 곳이라면 밤을 새면서 달려갔는데
나에게 일을 알려주신 김 씨 아저씨는 건강할란가 모르겠네
이제는 그냥 몸만 안 아팠으면 좋겠어
몸만

5. 죽어도 상관없어

I don't care if I die

우울증의 끝은 죽고 싶다인 줄 알았는데
죽고 싶다가 아니였어
우울증의 끝은 죽어도 상관없어 였어
나는 무엇을 위해 살아있을까
나는 왜 태어났을까
내가 살아서 무엇을 하는가
내가 죽으면 편하지 않을까
내가 죽으면 슬퍼할 사람이 있을까
죽고 싶다는 것은 살고 싶다는
마음도 가지는 것이었어
죽어도 상관없어는 살고 싶다는
마음조차 없는 것이었어
내가 세상에서 사라져도 아무런 변화도 없는
애초에 내가 살았다는 흔적이 남지 않는
그것이 우울증의 끝이었어
자신을 잃어도 잃을 것이 없는 상태
그것이 우울증의 끝이었어
우울이 더욱 커져 우울에 잡아먹혀 버린

그런 사람
그것이 우울증의 끝이었어
우울증의 끝
모든 것을 포기한 상태
그것이 죽어도 상관없어 였어

6. 겨울나무

Winter tree

난 겨울나무
봄에 아롱다롱한 꽃을 피웠어
세상이 아름다워 부러울 게 없어
난 겨울나무
여름에 파릇파릇한 잎을 피웠어
햇살이 따사로워 즐거움이 넘쳐
난 겨울나무
가을에 알록달록한 열매 맺었어
단풍이 부끄러워 볼이 달아올라

난 겨울나무
가지만 앙상하게 남았네
분홍 꽃도 푸른 잎도 색단풍도 떠나갔네
흰 눈만이 나에게 다가와 흰머리 곱게 빗어주네
흰 눈만이

이 찬 겨울이 지나면
다시 봄이 오려나

다시 꽃이 피려나
다시 봄이 오지 않더라도
내 삶에 두 번 다시 오지 않을 계절을 보냈기에 후회 없네

난 겨울나무
흰 눈만이 나에게 다가와 흰머리 곱게 빗어주네

7. 봄이 왔어

Spring has come 🔊

해님이 따스하게 아침을 깨워
추위에 얼음을 덮었던 냇물은
졸졸졸 휘파람을 불어
눈이 부셔 잠이 깬 개구리는
개굴개굴 크게 하품을 해
흙으로 만든 이불을 갠
씨앗들은 기지개를 켜
모두 일어나
봄이 왔어

움츠리지 마 봄이 왔잖아
봉우리 졌던 꽃들도 고개를 들잖아
어깨를 쫙 펴 허리를 꼿꼿이 세워
겨울은 갔어
봄이 왔잖아
널 꽃피울 봄이 왔어

얼어붙었던 강들도

딱딱하게 굳었던 땅들도
깊은 잠을 자던 동물도
바람에 옷을 뺏긴 나무도
다시 기지개를 켜잖아
봐봐
봄이 왔어

움츠리지 마 봄이 왔잖아
봉우리 졌던 꽃들도 고개를 들잖아
어깨를 쫙 펴 허리를 꼿꼿이 세워
겨울은 갔어
봄이 왔잖아
널 꽃피울 봄이 왔어

얼어있을 필요 없어
굳어있을 필요 없어
널 막았던 추위는 없어
따듯할 거야 이제부터
꽃이 필 거야 이제부터
봐봐
봄이 왔어

8. 사막에 비를 뿌려

목이 너무 말라

강렬하게 내리쬐는 태양에 잔뜩 달아버린 모래가

내 발을 거부하는 듯이 푹푹 꺼져버려

한 걸음 한 걸음 걷는 것조차 힘에 부치네

쉼 없이 불어오는 모래바람은 어서 넘어지라고

빨리 넘어지라고 더욱 강하게 몰아치네

끝이 보이지 않는 사막 어딘가에 서있는 나는

동서남북조차 가늠할 수 없어서 앞으로 내딛는 발걸음만을

의지하며 걸어가고 있네

내가 쓰러지기 전 나는 오아시스를 찾을 수 있을까

이 모래사막에 오아시스가 있기는 한 걸까

나는 쓰러지지 않고 이 사막을 벗어날 수 있을까

가는 길에 전갈을 만나지는 않을까

가는 길에 뱀을 만나지는 않을까

생각하기도 싫어 그냥 걸어가자

내가 쓰러질 때까지 내리쬘 것 같았던 태양이

화를 멈추었는지 발밑 모래에 검은빛이 도네

무슨 일인가 올려다본 하늘에 구름이 끼어있어

사막에도 구름이 끼는구나

바람은 더욱 강하게 불어오지만 조금 전과는

다른 차가운 바람이 불어와

신선한 바람에 심호흡을 하고 있을 때

한두 방울씩 떨어지는 빗방울

아 비다 사막에도 비가 내리는구나

나는 하늘을 향해 입을 벌려 내리는 비를 만끽했어

하지만 이 비를 계속 맞는다면 나를 춥게 할 거야

저기 바위 그늘 아래에서 잠깐 쉬자

많이 걸었잖아 힘들고 피곤하잖아

바위 밑은 아늑했어 긴장이 풀리고 떨어지는 빗소리는 잔잔
했어

나도 모르게 잠이 들었어

얼마나 잠이 들었을까 비는 그쳤고 하늘은 맑았어

하지만 사막은 더 이상 모래가 아니었어

모래만 가득했던 사막은 꽃밭이 되어있었어

모래 속에 묻혀있었던 씨앗들이 꽃을 피운 거야

그래 나는 사막을 걷고 있었던 게 아니었어

아직 피지 못한 꽃길을 걷고 있었던 거야

우리도 아직 피지 못한 사막이었던 거야

9. 질투심

질투심에 찌들어 남이 잘되는 것을 보질 못하네
자신이 발전할 생각은 하지 않고
자기보다 잘난 사람을 깎아내리기 바쁘네
어디 흠이라도 하나 있으면 더 벌어져라 후벼파고
실수 하나 하면 큰 죄를 저지른 것마냥 헐뜯고
잘나가는 사람이 나락으로 떨어져야 그제서야
그게 원래 자리다 악담을 퍼붓네
그렇게 하면 무엇이 달라지는가
자신은 멈춰있고 능력도 없고
발전도 없는 무능한 사람인데
왜 타인의 노력을 보지 않나
노력하지 않고 올라간 자리가 어디 있을까
자신이 올라가지 못할 산이라 칭하고
그곳에 올라가는 사람들에게 평생 도전해도
못 올라갈 것이라 말하고
정상에 오른 사람에게는 장비가 좋아 올라갔다고
자기 노력으로 올라간 것이 아니라고
자신도 똑같은 상황이었으면 올라갔을 거라 말하네

웃기고 앉잖네 그냥 노력을 안 한 건데
게으르고 힘들어서 하지 않은 자기 책임인데
그것이 열등감으로 찌들어 남을 질투하네
질투심이 원동력이 돼서 나아갈 생각을 해야지
남을 깎아내리기 바쁘네

10. 명품

월 200 혹은 300 그 이하거나 그 이상
알뜰살뜰 모아서 명품 하나 사겠다며 마음먹고
처음 가본 명품매장에 줄을 서서 기다리는 것도
누가 보기에도 어색하게 서있고
막상 들어가면 옆에 딱 붙어서
제품을 설명해 주는 직원에게 돈 없어 보이지 않으려
알아듣는 척 이 상황이 익숙한 척하지만 누가 봐도
어색하고 돈 없는 것이 티가 나고
미리 알아보고 온 제품의 설명이 끝나면
멋있는 척 이거 주세요 말하네
하지만 계산할 때 포인트 적립도 없고 구매기록도 없어
처음 사는 것이 다 들통나 버리지
가방을 하나 사오면 그렇게 예뻐 보일 수가 없어
먼지가 쌓일까 매일 닦아주고 잘 때도 옆에 두고 잔다니깐
근데 가방 하나 가지고 매치가 되겠어
보세 혹은 브랜드밖에 없는데 가방은 명품이네
이제부터 시작되는 명품에 휘둘리는 삶
명품을 안 들고 가자니 나 원래 명품 쓰는 사람인데

위축되어 버리고 들고 가자니 버스나 지하철도 못 타겠고
옷도 볼품없어서 고민이 되지
스스로가 명품에 밀려버리는 삶
돈 있는 사람은 명품이 없어도 돈이 있어 보이는 것을 왜 모
를까
자신이 명품이 되면 명품이 필요 없다는 것을 왜 모를까
명품만이 물건인가 저기 시장에 있는 통가죽 가방이
가죽은 더 좋은 것 같은데 왜 명품을 사는지 이해가 되지
않네
쓱 들어갔다가 쓱 사고 나올 정도가 아니면 명품 사지 마세요
다 티나

11. 제사 말고 퇴마

Not ancestral rites, exorcism 🔊

주자가례에 나오는 차례상 차리는 방법
술 한잔 차 한잔 과일 한 쟁반
퇴계 이황 선생님 차례상 차리는 방법
술 떡국 전 포 과일
과일은 대추 세 개 밤 다섯 개 배 한 개 감 한 개 사과 한 개
귤 한 개
차례는 간단하게 지내는 것이 예법
차례나 제사를 지낼 때 산해진미를 다 올리는 집이라면
정말 양반이었는지 되돌아보시기 바랍니다
어떻게 다 양반이었대 말이 되는 소리를 해
조상을 기린다고 한 상 푸짐하게 쌓아 올리면
그만큼 쌓여가는 집안 갈등
조상 덕 본 집안은 차례 안 지내고 해외여행이나 가지
꼭 덕 본 것도 없는데 귀신들 밥은 꼬박꼬박 차려
제사를 안 지낸다고 조상이 벌을 준다는 것은
저승에서 이승으로 내려와 밥 달라고 깽판 치는 것 아니요
그런 조상은 악귀가 아닌가 생각해 봐야 하는 것 아니요
조상이 후손들 앞길을 막는 것이 아닌가 생각해 보세요

그래 봐야 조상이 돌쇠 그쯤일 텐데 덕 보는 게 이상하지
이제 제삿날은 퇴마의식의 날로 바꾸는 것이 어떻습니까
어차피 밥 안 준다고 깽판을 치는 것들은 악귀 아닙니까
그냥 제사 말고 퇴마하세요

12. 맹목

눈에 보이지 않는 것을 믿는 것
질량과 부피가 없는 것을 믿는 것
이성을 잃어 판단하지 못하는 것
눈이 보여도 앞을 보지 못하는 것

눈에 보이는 것만 봐도 다 보지 못할 세상을
눈에 보이지 않는 것을 믿는다는 것은
눈이 멀어버린 것과 같다는 것
분별이나 판단이 되지 않을 때는 더욱 똑바로
앞을 보고 생각을 하는 것이 현명한 일
답이 있는 문제를 답이 없는 것에 빌고
문제가 잘못되었다고 답이 없는 것이라 믿고
답을 해결하지 않는 것은
눈이 멀어버린 것과 같은 것
자신에 대한 감사를 보이지 않는 것에 감사함에
눈앞에서 받은 도움이 보이지가 않네

눈에 보이지 않는 것을 믿는 것

질량과 부피가 없는 것을 믿는 것
이성을 잃어 판단하지 못하는 것
눈이 보여도 앞을 보지 못하는 것

눈에 보이지 않는 것을 맹신하여
자신이 맹목이 된 것을 알지 못하고
자신의 썩어감이 보이지 않아
그대로 쓰러져 가네
눈에 보이지 않는 것을 믿는 것
스스로 눈을 감아버린 것
감아버린 눈을 다시 뜨지 못한다는 것

13. 용기 내

용기 내 용기 내 용기 내 용기 내

깨어있는 척 지구를 위하는 척

무식의 용기에 얼척이 없네

플라스틱을 줄인다고

생선을 담아달라고 하네

그러면서 사진 한 컷에 해시태그

용기 내

당신 손에 있는 것은 플라스틱이 아닌가 봐요

플라스틱 제조 공장 사장님들은 환경을 파괴하는

악당이 되었네

악당은 오늘도 열심히 일을 하네

스텐 구스타프 툴린도 플라스틱 백을 만들 때

페이퍼 백을 한번 쓰고 버리는 것이 아까워

여러 번 쓸 수 있는 플라스틱으로 만들었어

나무를 베면 환경이 나빠지고

플라스틱은 썩질 않으니 환경에 답이 없네

미래에는 환경이 나빠질까

노

과학과 기술은 멈춰있나 보네
용기 내 밀워
더 나은 환경을 위해 용기 내 밀워
더 나은 진보를 위해 용기 내 보스
이명이 들린다 이명이 들려
박 깨지는 이명이 들려
무식한 자가 신념을 가지는 용기
더 나은 파멸을 위한 위대한 진보
가만히 웃고 있을 게 아니요 보스
내가 초등학생 때 배웠던 2020년대는
오존이 뚫리고 석유가 고갈되고
마실 물이 없고 공기를 사 마시는 시대라고 배웠어
나는 지금 다른 차원에 살고 있는 건가
노
거짓말쟁이들이 거짓말을 한 거지
이명이 들린다 이명이 들려
박 깨지는 이명이 들려
무식한 자가 신념을 가지는 용기
더 나은 파멸을 위한 위대한 진보
더 나은 환경을 위해 용기 내 밀워

14. 지옥철

Hellbway ◎

오늘도 지옥문이 열렸네
이미 지옥 안에는 서로 엉겨 붙어 살라달라고 아우성
지옥으로 들어가기 싫다고 생각할 여유조차 없어
내 뒤에는 지옥 동기들이 길게 줄을 서있어
떠밀리듯이 들어온 지옥
지옥문이 닫히고 마치 하나가 된 듯 틈도 없이
서로의 몸이 붙어버렸네
어깨가 서로서로 붙어버려서 팔을 꼼짝할 수 없고
앞사람은 안 씻는지 코를 찌르는 냄새가 올라오네
그래도 나는 할 수 있는 게 없어
따닥따닥 붙어버린 몸은 손가락 하나 움직이는 것조차
불가능한데 무엇을 할 수 있겠어
매일 반복되는 일상인데 좀처럼 적응이 되지 않네
이 지옥에서 탈출하면 또 다른 지옥으로 들어가야 해
지옥에서 벗어났는데 또 지옥이 있네
이게 어떻게 매일 반복되는지 이해가 되지 않아
나는 죽어서는 천국에 가게 해줘요
죽어서도 지옥이면 너무 억울하잖아요

매일 열리는 지옥문에 자기 발로 들어가고
그 지옥에서 탈출하면 또 지옥이 기다리고 있어
나는 진정 악마인가요
내 앞에 있는 사람들이 분명 악마인데
나는 천사인데 왜 지옥으로 보내요
내일은 천국에서 쉬고 싶어요
제발 하루만이라도 마음 편히 천국에 있고 싶어요

15. 학생들에게

초등학교 6년 중학교 3년 고등학교 3년

어린이집 유치원까지 합하면 12년 그 이상

어린이집에서부터 영어를 배우고

유치원에서부터 선행학습을 시작해

초등학교에서 자율활동을 권장하지만

입시학원 안 다니면 바보 취급을 받지

중학교 성적표에 나오지 않는 등수

등수는 나오지 않지만 이제 정해진 서열

등수를 적지 않는다고 등수가 없어지는 것은 아니잖아

고등학교에 들어가면 본격적인 전쟁

좋은 대학교에 입학해야 성공할 수 있다는 세뇌를 받고

투견처럼 서로를 견제하고 살기 위한 공부를 해

이제부터 아저씨가 하고 싶은 말을 할게

좋은 대학을 졸업하고 사회가 요구하는 조건을 쌓았을 때

자신이 되는 것은 기업의 노예밖에 되지 않아

큰돈을 벌지 못하는 월급쟁이 인생이 시작되고

대기업에 들어갔다고 해도 40대가 되면 잘릴 걱정을 해

퇴직하고 나오면 평생 공부한 것밖에 없는데 무엇을 하겠어

중소기업은 말하지도 마

애들아 노예가 되지 말거라

자신이 하고 싶은 것을 하거라 이제 개성을 펼칠 수 있는 시대야

자신이 가지고 있는 장점을 키워 세상에 비추거라

그것이 가장 많은 돈을 벌 수 있는 길이야

세상이 요구하는 대로 살아가면 기득권의 노예가 된단다

자신이 하고 싶은 것을 해

나이가 몇이든 간에 하고 싶은 것이 생겼다면 바로 하거라

그때가 제일 빠르고 안전할 때란다

대신 불법은 하지 마

아무리 바보 같은 것을 잘한다고 하더라도 부끄러워하지 말고 도전해 봐

자신을 믿는 거야

아저씨가 바라본 세상은 그래

하고 싶은 것은 자신을 믿고 도전해 봐

16. 학자는 진실을 말해야 해

The scholar must tell the truth

어느 날 교수님께서 물었어
자네는 공부를 왜 하나
나는 전혀 생각지도 못한 물음에
놀라 네라고 대답해 버렸어
교수님께서 다시 말씀하셨어
집에 돈이 많은가
아닙니다
집에 노예가 있는가
아닙니다
그럼 왜 학자의 길을 걷나
나는 대답하지 못했어
교수님께서 다시 말씀하셨어
학자는 진실을 말해야 하는 자이다
유명한 학자가 되면 주변에서 많은
압박이 들어올 것이다
자네는 많은 돈과 자신의 철학을
바꾸지 않을 것이라고 생각하나
과연 그 상황에서 자신의 지조를 지킬 수 있다고 생각하나

돈이 많지 않거나 학문에 대한 열의가 크지 않다면
자네는 공부하지 말게
학자는 권력과 돈에 의해 자신의 신념을 버려서는 아니 된
다네
자네의 말 한마디에 세상이 뒤집힐 수 있다는 것을
항상 염두에 두고 학문에 몰두하게나
학자는 항상 진실을 이야기해야 돼
자신에게 들어온 권력과 돈을 거절하고
동료 교수가 그 제안을 받거든
아쉬워하지 말고 배 아파하지 말고
자네는 진실의 논문을 쓰게
자신의 목에 칼이 들어와도 진실을 말하게
진실은 거짓보다 강하고
펜은 총보다 강하네
자네는 꼭 진실을 말하게

17. 승진

사내 최연소 과장
능력을 인정받아 승승장구
누구보다 일찍 출근
누구보다 늦게 퇴근
동기들은 아직 대리
내 목표는 최연소 이사

최인턴 여기 복사 좀 해주게
김사원 피피티 만들어 주게
이주임 미팅 서류 정리해 주게
황대리 거래처 미팅 잡아주게
과장으로서 책임도 크지만
권력도 좋고 오른 월급도 좋네
회사에 뼈를 묻어야겠어
자자 우리 회식 한번 하자고

최인턴 더 열심히 하면 사원이 될걸세
사원 생각이 없다고

코인이 터져서 일을 안 해도 돼
김사원은 내년에 주임 달지 않겠나
사원이라도 상관없다고
주식이 올라 배당금이 연봉을 넘어
이주임 같이 회사를 키워보자고
퇴사를 한다고
구독자가 많아져서 퇴사해야 된다고
황대리 황대리는 같이 갈 거지
카페를 차려보겠다고
집이 5억이 올라 임대를 줬다고
아 술이 쓰네
남들보다 일찍 승진하면 뭐해
월급 많다고 명예퇴직 권고당하고
있는 돈이라고 먹는 것 입는 것 줄여가며
모은 월급뿐인데 남들은 내가 모은 것보다
더 많이 가지고 있는데 일은 취미로 하는데
내가 승진하면 뭐해 이 회사에 인생을 바쳤는데
얻은 것이라고는 월급 몇십만 원 인상에
사회에서는 쓸데없는 직급뿐이야
어디서부터 잘못된 걸까
내가 뭘 잘못했는데

18. 새로운 놀이

최근 주인님께서 기운이 없어 보이셨는데

오늘은 산책하러 가려나 봐요

저에게 옷도 입혀주시고 목걸이도 걸어주셨어요

오늘은 멀리 가려나 봐요

주인님께서 빨리 움직이는 상자에 들어가라고 하시네요

새로운 곳으로 가려나 봐요 정말 신이 나요

빨리 움직이는 상자가 멈췄어요 정말 오래 걸렸지만 지루하지 않았어요

주인님이 나오라고 하시네요 이제부터 산책 시작인가 봐요

새로운 냄새가 정말 많아요 이런 곳은 처음 와봤어요

정말 신나요 빨리 산책하고 싶어요

응 주인님께서 빨리 움직이는 상자와 같이 멀어지고 있어요

달리기 시합인가 봐요 빨리 달려야겠어요

주인님 너무 빨라요 저 숨이 가쁜걸요

조금 쉬었다 갈게요

주인님께서는 이제 숨바꼭질을 하고 싶으신가 봐요

보이지도 않고 냄새도 나지 않아요

제가 꼭 찾아낼 거에요

밤새 새벽이슬을 조금 맞았어요

주인님이 근처에 계실 텐데 나오시질 않네요

저기 사람이 있어요 주인님인지 확인해 봐야겠어요

이런 주인님이 아니에요 그래도 배가 고픈지 어떻게 알고

밥을 주시네요 주인님이 아니지만 고맙습니다

익숙한 맛이에요 주인님의 친구들인가 봐요

역시나 맞는 거 같아요 저를 빨리 움직이는 상자에 넣고 어디론가 가고 있어요

우와 친구들이 많이 있어요 역시 주인님께서 저에게 친구들을 만들어 주고 싶으셨나 봐요

친구들과 며칠을 신나게 놀았어요 사실 친구들은 저와 신나게 놀아주지는 않았지만

외롭지 않았어요 이제 주인님이 저를 찾아와 주시지 않을까요

이제 이 놀이도 질렸어요

이제 주인님께 가나 봐요 주인님 친구들이 저를 데려가요

제가 어디 아팠었나 봐요 주사를 놓아주네요

이 주사는 졸리는 주사인가 봐요

눈이 감기네요

눈을 뜨면 주인님이 눈앞에 있겠죠

전 조금만 잘게요

#정규_5집

Resolve

1. 0원

통장에 0원이 찍혔을 때
비로소 돈의 가치를 배울 수 있었어
길거리에 떨어져 있어도 아무도 줍지 않는
엄지손톱보다 작은 십 원도 돈이라는 것과
백 원 하나면 당을 채울 수 있다는 것과
천 원으로 하루 식사를 때울 수 있다는 것과
만 원짜리 한 장을 가지고 있으면
어딜 가도 당당할 수 있다는 것을 배웠어
십 원 하나라도 떨어져 있으면 허리 숙여 줍고
백 원 하나 있으면 사탕을 사 기력을 얻고
천 원 하나 있으면 950원짜리 컵라면으로 하루를 버텨도
50원이 남았어
만 원 하나 있으면 쓰고 싶지 않았어
초록색 종이 한 장이 부적처럼 나를 일으켜 세웠으니깐

0원이 영원하지 않으니깐
0원이 되어야 보이는 영원이 있으니깐
0원이 되어봐야만 깨닫는 것이 있으니깐

0원이 되었던 때를 생각하면
절대 0원으로 되돌아갈 수 없으니깐
나는 0원의 가치를 알고 있으니깐

2. 뉴트로

어릴 적 사 먹은 델몬트 주스는 물병이 되었고

사은품으로 받은 델몬트 회사 로고가 그려진 유리잔을 아직
까지 쓰고 있어

수명이 다 돼 작동하지 않는 골드스타 식기세척기에는 여전히
밥그릇이 엎어져 있네

아까워 버리지 못한 새로 살 수 없어 바꾸지 못한 것들이 뉴
트로가 되었네

나의 가난은 뉴트로가 되었네 가난도 오래되면 값이 높아
질까

나와 나이가 같은 삼성에어컨은 여전히 시원한 바람을 내뿜고

피아노 대신 쳤던 이가 하나 빠진 풍금

3대째 쓰고 있는 피노키오 책상은 손때가 묻어 반들반들하네

아까워 버리지 못한 새로 살 수 없어 바꾸지 못한 것들이 뉴
트로가 되었네

나의 가난은 뉴트로가 되었네 가난도 오래되면 값이 높아
질까

옷을 기울 때 쓰던 위 판을 뒤집으면 재봉틀이 나오는 선반

태엽을 돌려야 돌아가는 나무 시계

스피커에 구멍이 뚫려버린 소니 전축

모두 뉴트로가 되었네

나는 오늘도 제티가 그려진 계량컵으로 라면 물을 맞추네

3. 같아요

KATAYO

좋은 것 같아요 나쁜 것 같아요
더운 것 같아요 추운 것 같아요
맛있는 것 같아요 별론 것 같아요
아이씨 이게 무슨 말이야

같아요 같아요 누군가가 자신 없어 보인대
자신이 없지 언제 우리의 주장을 말할 기회를 줬어
인제 와서 의견을 말하래
20년을 입도 못 열게 했으면서 왜 말을 못 하냐고 물으면
어이가 없네

같아요 같아요 누군가가 책임회피라데
책임을 질 수도 없는데 말 한마디 했다고 책임을 지라고 하는
데
누군들 딱 잘라 말하고 싶겠냐
말하면 독박 씌울 게 뻔한데 어디서 수작을 부리냐
어이가 없네

같아요 같아요 누군가가 유체이탈 화법이라데

이제 내 자신도 내 생각을 몰라 언제 내 생각대로 행동해 봤
어야지

20년 동안 봉인되어 있었더니 나도 나를 몰라

이제 영혼을 담아서 말하라고

어이가 없네

다름을 받아들이지 않고 기분 나빠하고 무한 책임을 지웠으
면서

왜 우리가 문제라는 거야 노예로 만들려고 교육했더니

바보가 되어있으니 당황스럽냐

어이가 없네

4. 걱정이 많다는 건

Having a lot of worries

사람들이 나보고 말해
쓸데없는 걱정이 너무 많다고
걱정을 많이 할수록 불안만 늘어날 뿐이라고
나도 불안과 초조가 늘어나는 것을 알아
하지만 머릿속에서 떠나지 않아

걱정이 많다는 것이 꼭 나쁜 것일까
걱정이 많다는 것이 꼭 안 좋은 것일까
걱정이 많다는 것이 꼭 쓸데없는 것일까
그렇지 않아

걱정이 많다는 것은 끊임없이 상황을 생각하고 있다는 것
최악의 상황을 예측하고 있다는 것
최선과 최악을 상상하고 최선을 고르기 위해 노력하고 있다
는 것
자신이 상상하던 최악을 겪어도 담담할 수 있다는 것
걱정이 많은 사람은 절망이 다가와도 쓰러지지 않아
이미 스스로 견뎌냈던 상황이야

쓸데없는 걱정은 없어
걱정이 많은 사람일수록 정신력이 강한 사람이니깐
걱정을 걱정하지 마라
누구보다 강한 사람이니깐

5. 꽃잎은 봄비에 떨어지네

Petals fall in the spring rain ☺

하얀 겨울을 버틴 겨울나무는
어느덧 푸르름을 맞이하게 되었고
자신도 작은 새싹을 맺어
작은 새싹에는 투명한 봉오리가 맺고
어린 망울은 기분 좋은 햇살과 신선한 바람에
서서히 잠에서 깨어나
천천히 문을 여네

활짝 연 문으로 겨울 동안 쌓인 먼지를 털어내
깨끗해진 몸으로 마음껏 여유를 누려
하지만 이게 영원하지 않으리란 걸 잘 알아
달도 잠을 자는 밤
하늘은 이제 때가 되었다고 방울방울 친구를 내려주네
꽃잎 하나에 방울 하나
꽃잎은 봄비에 떨어지네

자신이 떠나야 할 때 떠나야
그 자리에 열매가 들어온다는 것을 알기에
꽃잎은 봄비에 떨어지네

6. 나는 괴물

너를 처음 만난 건 4월의 어느 저녁
생일 축하 노래 속에서 과자 상자를 들고 있었지
나는 교우 관계가 참 좋은 친구구나 생각했어
또 어느 4월의 저녁
친구를 찾아간 옆 반엔 친구는 없고 혼자인 너를 봤어
너가 어떤 사람인지 궁금했어
내가 말을 걸었을 때 많이 놀란 게 보였어 참 귀여웠었는데

어느 4월의 낮
공적인 일이라며 나는 너에게 번호를 줬어
사실 공적인 일이 하나도 없었지만
너가 없던 날 알았어 난 너에게 이끌리고 있었다는 걸

어느 5월의 아침
처음 느껴보는 두근거림이 사랑이라는 확신이 들 때
나는 너에게 고백을 했고 우린 그렇게 남이 아니게 되었어
그렇게 6월 9월 12월 시간이 흘러 다시 3월이 되었을 때
우린 서로 떨어져 서로의 대학교에서 시간을 보냈어

그때였을 거야 내가 괴물이 되어가고 있던 건

너무나도 달라져 버린 우리의 위치에 나는 불안감을 느꼈고

잘 생기고 능력 있는 동기들이 신경 쓰였고 활발하게 교류하던 복학생들이 짜증이 났어

언제든 나를 떠날 수 있다는 불안감에 나는 너를 구속하는 괴물이 되었어

자존감 낮고 자신감 없고 줏대 없는 괴물 그게 나였어

나는 어쩌다 너에게 괴물이 되었을까

왜 괴물이 되어버렸을까 왜 괴물인 것을 몰랐을까

자존감 낮고 자신감 없고 줏대 없는 괴물 그게 나였어

금색으로 염색을 하니 하얀 피부가 더욱 밝게 보였어

하늘하늘한 하얀 블라우스와 짧은 분홍 테니스 스커트를 입은 널 보는 사람들이 너무 신경 쓰였어

친구가 햄버거를 사주는 것이 주제 넘는다 생각했어

여자 친구가 행복하면 돌아버리는 정신 나간 놈

여자 친구가 예뻐지면 미쳐버리는 또라이 새끼

자존감 낮고 자신감 없고 줏대 없는 괴물 그게 나였어

이제 괴물에게서 도망쳐 멀리

7. 나는 밤이 싫어요

나는 밤이 싫어요

밤이 되면 꼭 자야 할 것 같잖아요

나는 밤이 싫어요

밤이 되면 일을 할 수 없잖아요

나는 밤이 싫어요

다들 자는데 안 잘 수가 없잖아요

나는 밤이 싫어요

어두워진 세상을 보기 싫어요

나는 밤이 싫어요

고요해진 세상이 너무 싫어요

나는 밤이 싫어요

밤이 되면 꼭 자야 할 것 같잖아요

밤이 되면 일을 할 수 없잖아요

다들 자는데 안 잘 수가 없잖아요

어두워진 세상이 싫어요

고요해진 세상이 싫어요

다들 자는데 나만 깨어있는 게 싫어요

빨리 아침 해가 떴으면 좋겠어요

빨리 세상이 밝아졌으면 좋겠어요
아무것도 할 수 없는 밤이 싫어요
꼭 자야만 할 것 같은 밤이 싫어요
나는 밤이 싫어요
나는 밤이 싫어요
나는 밤이 싫어요
잠이 오지 않는데
잠이 들지 않는데
할 수 있는 게 없잖아요
그저 가만히 누워있는 것이 다잖아요
나는 밤이 싫어요
잠이 오지 않는데
잠이 들지 않는데

8. 단수

outage

단수가 되었네
단수가 되었네
단수가 되었네
단수가 되었네

당연히 수도꼭지에서 나와야 할 물이 나오지 않네
손끝으로 올려주면 당연히 나와야 할 물이 나오지 않네
왜 나오지 않지
당연히 나와야 하는데
나오지 않으면 안 되는데
세면대는 물방울이 방울방울 맺혀있는데
수도꼭지에서는 한 방울도 나오지 않네
당연히 나와야 하는 물이 나오지 않네

단수가 되었네
단수가 되었네
단수가 되었네
단수가 되었네

물이 나오지 않는 샤워기를 틀고
물기 하나 없는 욕조에 앉아
꼭 물이 나오는 듯이 눈을 감네
당연한 것이 당연하지 않을 때
당연한 것이 당연하지 않아졌을 때
당연하지 않다는 것을 깨닫기 위해서는
얼마나 시간이 걸릴까

단수가 되었네
단수가 되었네
단수가 되었네
단수가 되었네

9. 더 좋은 노래

좋은 노래를 만들고 싶어
좋은 노래를 만들고 싶어
좋은 노래를 만들고 싶어
좋은 노래를 만들고 싶어

목소리 하나만 있어도 노래이지 않나요
타악기 하나만 있어도 노래이지 않나요
피아노 하나만 있어도 노래이지 않나요
멜로디 하나만 있어도 노래이지 않나요

좋은 노래를 만들고 싶어
좋은 노래를 만들고 싶어
좋은 노래를 만들고 싶어
좋은 노래를 만들고 싶어

좋은 가사를 전달할 수만 있어도
좋다고 생각했었어
많은 노래를 들려줄 수만 있어도

좋다고 생각했었어
이젠 좋은 가사에 좋은 옷을 입혀주고 싶어

좋은 노래를 만들고 싶어
좋은 노래를 만들고 싶어
좋은 노래를 만들고 싶어
좋은 노래를 만들고 싶어

10. 두려운 밤

잘 시간이 지났는데 잠자리로 가지 못해
환한 형광등 불빛이 사라지면 어둠에 묻혀버리니깐
용기를 내어 불을 끄고 얼른 이부자리에 들어가면
선명하게 들리는 시곗바늘 소리 째깍 째깍 째깍
온 신경이 시계 소리에 집중이 돼
신경 쓰지 말자 귀를 닫으려 노력해 봐도
알 수 없는 부스럭 틱틱거리는 소리에 깜짝깜짝 놀라
두 눈을 꼭 감고 깊게 숨을 쉬어봐도 잠이 들지 않네
꼭 이럴 때 화장실이 가고 싶어져
이불 밖으로 나가면 또 어둠이 덮치니깐 꾹 참다가
도저히 못 참겠다 싶을 때 재빨리 화장실로 달려
화장실에 가서도 거울 속에 무엇인가 있을까 봐
내 모습 한번 보지 않고 손에 물만 묻히고 다시 이부자리로 달려
새벽 네 시쯤 되면 새들이 지저귀어
나만 깨어 있는 것이 아님에 안심을 해
꼭 새가 나를 지켜줄 수 있다 믿어
그럼 이제 슬슬 노곤해지기 시작해
긴장감이 풀리고 이제 잠에 들 것 같아

11. 목적지를 찾지 못했습니다

Destination not found

내 책장 속에는 도착하지 못한 목적지들이 많아

학력을 조금이라도 높이려고 공부한 편입영어

없는 것이 이상하다는 국가 공인 한자자격시험 3급

디지털시대에 필수라던 컴퓨터 활용 능력 시험 1급

공무원 시험에 가산점을 준다던 워드프로세서

한국어라도 잘해야지 라는 생각에 공부한 한국어 능력 시험

제2외국어는 할 줄 알아야 한다고 공부한 독일어

기본 중에 기본이라 스펙도 안된다는 토익

혹시라도 모르니깐 준비한 공인중개사 시험

철밥통이 최고라는 말을 듣고 준비한 9급 공무원 시험

법학과를 나왔으니 고시는 필수라던 법원행정고등고시

이중 어느 하나 이룬 것이 없네

나의 목적지는 어디일까

무엇이 하고 싶은 것일까

나는 아직 내 삶의 목적지를 찾지 못했습니다

12. 방황

Wandering 🌀

어디로 가야 하오

여보시오 길 좀 물읍시다 여기가 사회라는 곳이 맞습니까

아 예 감사합니다 살펴가시오

내 한평생 학교라는 곳에서만 있다가 사회에 도착하니 어디로
갈지 잘 모르겠구만

저기 저 커다란 건물에 가서 도움을 청해볼까

여기 지나가던 초행자입니다만 도움을 좀 받고 싶소

사회에 언제부터 있었나 물었소 오늘 처음 나왔소

사회에서 3년은 있어야 도움을 줄 수 있다고 하였소

어허 알겠소이다 내 다른 곳으로 가리다

역시 호락호락한 곳이 아니었구만 저기 작은 건물에 가볼까

실례합니다 여기서 도움을 받고 싶소만

다른 곳에서 도움을 받은 적이 있나 물었소

도움을 받은 적이 없소

여기도 안된단 말이요 그럼 난 어디서 도움을 받을 수 있소

아무튼 여긴 안 된다는 것 같으니 다른 곳으로 가겠소

어허 어디로 가야 한단 말인가 도움을 받을 수 있는 곳이 없
다니

이거 낭패로구만

저기 고시촌이라는 곳이 있구만 저 마을은 무엇을 하는 곳
인고

오호라 여긴 나랏일을 하고 싶은 사람들이 모여있는 곳이구만

그런데 어찌 몰골들이 안 좋은 것이 이상하구만

어허 어디로 가야 한단 말인가 어디로 가야 되냔 말이다

정녕 내가 갈 곳이 없단 말이냐

이보시오 난 어디로 가야 하오

13. 번아웃

최근에 즐겁게 하던 취미에 흥미가 가지 않나요
뭘 하든 부질없게 느껴지나요
자신이 기계 같다는 생각이 드나요
소화가 잘되지 않나요
두통이 심해졌나요
하고 싶은 것이 없나요
맡은 일에 집중할 수 없나요
기억했던 것을 자주 까먹나요
버틸 수 없다는 생각이 자주 드나요
아침에 눈을 뜨면 허무한가요
짜증이 많아졌나요
불만이 늘었나요
나는 불탄 적이 없는데 왜 재가 되어있어
나는 불타고 싶었는데 벌써 재가 되어있어
밝게 빛나고 싶었는데 불이 꺼져가고 있어
나는 불탄 적이 없는데 왜 재가 되어있어

14. 생라면

켜지지 않을 거라는 것을 아는 가스레인지를

혹시나 하는 생각에 돌려봐

스파크는 튀지만 역시나 불이 붙지 않네

다 쓴 지 오래된 LPG 가스통만을 멍하게 쳐다봐

찬장에 하나 남은 봉지라면을 꺼내

뜯지 않은 채로 사 등분을 하고

이제 봉지를 뜯어 스프와 플레이크를 꺼내어

플레이크는 다시 찬장에 넣고

스프를 뜯어 봉지 안으로 넣네

잘 섞이지 않으리라는 것을 알지만

그래도 안 흔든 것보다는 나으니깐

위아래로 몇 번 흔들어 주고

봉지의 가운데를 뜯고 아랫부분마저 뜯어

평평하게 바닥에 놓네

부서진 라면 사리 한 조각을 들어

까드득 베어 물면 부스러기가 많이 생기지만

그래도 맛은 좋네

봉지라면을 끓여 먹을 수도 없어

생라면을 부숴 먹지만
그래도 맛은 좋네
그래 맛은 좋네
참 맛은 좋네

15. 숙성

Ripen

사람은 나이가 들수록 숙성이 된다고 생각해
순수함 그 자체던 어린 시절
경쟁은 배우지만 우정을 쌓던 학창시절
사랑에 웃고 사랑에 울던 어린 어른
그런 경험 하나하나가 녹아들어
나라는 사람은 더욱 깊고 진해진다 생각해

어쩌면 우린 바닷속에서 숙성되고 있는 와인일지도 몰라
거친 해류를 몸으로 막고 미역이 붙고 조개가 붙고
산호가 자리 잡은 볼품없는 와인 병일지라도
그 속의 와인은 더욱 깊고 진해지는 게
꼭 우리의 모습 같잖아
지금은 비록 처음 겪는 역경과 고난에 눈물 흘리지만
어쩌면 그 눈물에 우리는 더욱 숙성되는 것인지도 몰라
우리는 세상에 단 하나뿐인 와인이 될 거야
그 누구와도 비교할 수 없는 모든 경험이 농축된
그런 와인이 될 거야

승선을 준비하라

영감을 받아적을 종이는 충분히 실었나

악보를 그릴 오선지는 넉넉히 실었나

만년필과 잉크는 넘치도록 실으라고

우리의 항해는 그렇게 만만한 곳이 아니라고

출항을 해도 아무도 모르고

어설프게 잘해봐야 종이 한 장값도 못 벌고

먼저 출항한 배들은 이미 영역까지 있다고

우리는 남아있지 않은 보물을 찾으려 할지도 모르지

그래도 가보는 거야

우리가 언제부터 단가 봐 가면서 움직였나

그냥 우리의 방식으로 정면승부를 맞이하자고

큰 파도는 정면으로 돌진해야 살길이니깐

자 닻을 올리고 돛을 내려라

기분 좋은 해풍이 불어온다

이보다 좋은 출항이 어디 있겠나

방향타는 내가 직접 잡지

모두들 준비됐나

가자 바다로

17. 안락사

Euthanasia ⊘

태어나는 것도 내 마음대로 못했는데

죽는 거라도 내 마음대로 할 수 있도록 해주시오

늙어서 제 몸 하나 마음대로 움직이지 못하고

그저 곪아가는 몸의 고통은 그대로 받고

그저 덜 아프게 해주는 완치 없는 병원 치료는

아픈 날만 늘리고

내 가족들 다 죽어가는 나를 돌본다고 마음 편히 쉬지도 못하는데

병원비는 또 누가 감당하란 말인가

이렇게 살아가는 것에 무슨 의미가 있나

하루하루 죽어가는 날만 기다리는 신세에 무슨 의미가 있나

아무것도 할 수 없이 병실 한 칸에 누워있는 것이

꼭 열려있는 관속에 들어가 있는 것 같지 않은가

이 상황에서 하루 더 살고 한 달 더 살고 한 해 더 살면 무엇이 달라지는가

이제 나를 편안하게 해주시오

내가 생각하고 내 입으로 말할 수 있을 때

내 마음대로 가겠소

내 의지 없이 태어났으니
내 의지로 눈을 감겠소

18. 엄마의 빚

엄마의 휘어버린 허리가 보이고
말라버린 나뭇가지 같은 손이 보이고
거뭇거뭇해져 버린 얼굴이 보이고
늙어버린 엄마가 이제야 보이니깐
못난 아들은 홀로 먹먹함을 삼켜

철이 없었던 아들은 세상을 모르고
엄마가 벌어오는 돈을 당연하게 썼어
보세 옷은 쳐다보지도 않았어
시장은 거들떠보지도 않았어
쇼핑점 아웃렛 백화점
큰 건물에 있는 것만 물건이라 생각했으니깐
철이 없었던 아들은 엄마를 안 봤어

엄마가 어떻게 돈을 벌어오는지 몰랐으니깐
엄마의 갈비뼈가 부러지고
발가락이 부러져서 받아온 돈이란 것을 생각하지 못했으니깐
엄마의 돈이 당연하다 생각했으니깐

철이 들지 않은 아들을 위해 사오시던
냉동 돈가스마저 빚으로 사셨으니깐
철이 없는 아들은 알지 못했으니깐

철이 없었던 아들은 당연하듯이 대학등록금을 받았어
살만하다고 느꼈으니깐 빠듯하다고 생각하지 못했으니깐
아르바이트 한번 하지 않고 용돈을 받아 썼으니까
그게 당연하다고 생각했으니깐
철이 없었던 아들은 그랬으니깐

이제는 엄마의 모습이 보이네
자신의 몸과 바꿔 아들을 키웠네
엄마의 빚이 곧 나의 빚이니깐
이제 내가 엄마에게 갚을 차례니깐
엄마의 인생의 가치는 마이너스가 아닌 플러스니깐
이제 엄마의 삶을 플러스로 바꿔줄게요
철이 없었던 아들은 이제 엄마가 보이니깐
엄마의 헌신을 돌려드려야 하니깐

19. 연락하지 마

연락도 없다가 제발 도와달라고 연락 쫌 하지 마
법대 나온 사람이 나뿐이라 연락했다고
제발 법 문제 있으면 변호사 찾아가라
내가 말해줘도 자기 생각이랑 다르면
내가 틀렸다고 할거잖아
네가 법전 한번 펼쳐봤어
민법 책 굵기를 알아
형법 사례집을 본 적이 있어
법에 대해 알지도 못하면서 왜 나를 판단해
도움이 필요하대서 도움을 주면 돌아오는 것은 책임뿐
결국엔 변호사 돈 주고 살 거잖아 역겨운 놈들아

연락도 없다가 제발 도와달라고 연락 쫌 하지 마
대뜸 전화해서 한다는 말이 내 친군데 어떻게 쫌 해봐
내가 왜 얼굴 한번 본 적 없는 사람이랑 법 문제로 통화를 해
야 돼
어차피 원하는 답변 안 나오면 고맙다는 말도 없이
전화 끊어버리잖아

그렇다고 나중에 커피라도 한 잔 사주는 것도 아니고
없던 일이 되어버리잖아
개구리도 은혜를 갚는다는데 니들은 뭐냐
내 생일에도 문자 한 통 안 하는 것들이
당당하게 연락해서 해결하라고 해요
돈 들고 변호사나 찾아가 시발

20. 장작

육신은 늙어 마른 장작이 따로 없네
몸은 땅속 깊이 뿌리 박히어 일어설 수조차 없네
맑은 정신은 썩어버린 육신에 갇히어 옴짝달싹하지 못하네
어찌 이 육신은 백 년이 채 가지 못하나
정신이 이리도 또렷하여 청춘이 따로 없는데
이 몸뚱어리는 어찌 움직이질 못하나
스스로 갇혀버린 감옥은 탈출한 길조차 없네

나는 이미 다 타버린 장작인가
다 타버려 온기조차 꺼져가는 재인가
나는 열심히 태워졌는가
마른 장작인 줄 알았던 나는 타고 남은 재였던가
다 타버려 온기조차 꺼져버린 재였구나
육신은 마르기도 전에 타버렸고
오직 정신만이 남아 세상을 떠도네
그래 그거면 된 것이다
열심히 태워졌다면 그것으로 된 것이다
내 육신이 쓰일 만큼 쓰였다면

뿌리 깊이 박혔었다면 그것으로 된 것이다
그래 그것으로 된 것이다
그동안 고마웠소

21. 축구 한 겜

온도는 36도 습도는 70퍼센트 구름은 한 점 없이 맑음
인조 잔디 하나 없는 운동장에서 옆 반과 붙은 음료수 빵 배
축구 한 겜
미쳐버린 날씨에도 어느 누구도 지친 기색 하나 없네
내 포지션 레프트 윙 백 양발을 잘 써 받은 포지션이었지
특기는 허둥지둥하는 척하면서 공 뺏기였어
안 믿기겠지만 당해보면 기가 찼지

골키퍼 한 명에 수비수 네 명 미드필더 네 명에 공격수 두 명
상대 팀까지 합하면 22명이 흙바닥에서 이리 뛰고 저리 뛰
었지
이제는 모을 수 없는 22명
그때 그 시절에는 당연한 줄만 알았지

축구를 썩 잘하는 편은 아니었지만 한번 빠지는 적이 없었어
새빨간 축구화를 신고 이리저리 뛰어다녔어
공이 올라가면 따라서 올라가고 공이 내려오면 따라서 내려
갔어

기본적인 거지만 기초적인 것을 잘했지

공 뺏기는 나름 잘했지만 이제 생각해 보니 골 넣어본 기억이 없네

뭐 상관없지 나는 레프트 윙 백이니깐

골키퍼 한 명에 수비수 네 명 미드필더 네 명에 공격수 두 명

상대 팀까지 합하면 22명이 흙바닥에서 이리 뛰고 저리 뛰었지

이제는 모을 수 없는 22명

그때 그 시절에는 당연한 줄만 알았지

고등학교를 졸업하고 축구 한 겜 뛰어본 기억이 없네

새빨갛던 축구화는 주황색이 되었고 친구들이 사온 시원한 음료수의 맛이

아직 기억이 나는데 축구 한 겜할 사람이 없네

오랜만에 음료수 빵으로 축구 한 겜 어때

22. 키오스크

Kiosk ◎

엄마가 우셨어

자기가 젊을 때 자주 먹던 햄버거가 먹고 싶어 햄버거집에 가셨대

종업원에게 주문을 하려고 했더니 저기 있는 기계에서 주문을 하라고 했대

엄마는 낯선 화면의 글자가 눈에 들어오지도 않았대

이거 어떻게 하지 어떻게 하지 초조하셨대

등 뒤에 사람들이 꼭 바보를 쳐다보는 듯한 느낌을 받으셨대

더 이상 있을 수 없다는 생각에 황급히 가게를 나오셨대

엄마가 나에게 말했어

이제 자신이 햄버거 하나 살 수 없게 되었다고

늙으니 좋아하던 햄버거 하나 살 수 없게 되었다고

이제 자신이 쓸모없는 사람이 되어버렸다고

그 말을 들은 나는 아무런 위로도 할 수 없었어

나도 나이를 먹으면 햄버거 하나 살 수 없게 될까

빠르게 변하는 세상에서 나는 뒤처지지 않고 살아갈 수 있을까

지금은 젊어서 어찌저찌 따라가고 있지만
채 10년이나 남았을까
나도 빛이 들어오는 벽을 마주하게 될까
엄마는 내 나이 때 이렇게 되리라고 예상이나 되셨을까
미래의 나도 햄버거 하나 살 수 없게 될까

시대를 따라가지 못하고
오로지 가족을 위해 자신을 과거에 두고온
엄마는 이제 쓸모없는 사람이 된 것일까
그렇지 않을 것이다
과거를 돌려드리지는 못하지만
미래를 살아가게끔 하는 것이
내가 해야 될 일일 것이다
엄마의 과거를 바쳐 현재의 내가 있는 것이니깐
엄마의 미래는 내가 만들어야 할 것이다

23. 학교 가는 날

뜬눈으로 밤을 새운 3월 1일
아침이 되면 초등학교에 입학한다는 설렘
혹은 약간의 떨림
매일 입던 유치원복은 장롱 속으로 넣고
학교 갈 때 입을 빳빳한 새 옷과
내 발에 꼭 맞는 브랜드 신발과
내가 좋아하는 캐릭터가 그려진 가방까지
새로운 곳으로 간다는 기대감보다는
빨리 새 옷을 입고 새 신을 신고 가방을 메고 싶어서
잠을 설쳤을지도 몰라
드디어 아침 해가 떴어
평소 같았더라면 조금만 더 잘래라고 했겠지만
오늘만큼은 누가 깨우지 않아도 벌떡 일어나
고양이 세수를 하고 스스로 옷을 입고
학교는 언제 가라며 물었어
지금 바로 가자는 대답을 들었어
빨리 신발을 신고 대문을 나섰어
무엇이 들었는지 모르는 빵빵한 가방을 메고

178

무작정 달렸어 조금은 차갑지만 따스하던
봄바람이 볼을 스쳐 가 기분이 좋았어
배정받은 반으로 들어가 마음에 드는 자리에 앉았어
처음 와본 학교였지만 낯설지 않았어
1년간 함께할 담임선생님을 만나고
입학을 축하한다는 대머리 선생님도 만나고
모든 것이 재미있었어
집으로 돌아가는 길에는
짜장면을 먹었어
가끔 먹던 짜장면이었지만 그날만큼
맛있었던 적은 없었어
오늘이 3월 2일인데 엄마 손을 잡고
학교 가는 아이를 보니 그때가 생각이 나네

24. 헝그리 정신

hungry spirit ⊙

늘어나는 발매 곡 수 늘어나는 통장 잔고
불어나는 잔고에 생겨버린 안식과 안심
게을러질 수 없다고 그렇게 다짐했건만
물질이 주는 풍요로움에 취해버렸네
데뷔전 전 재산 5만 원이었던 시절
하루 한 끼 천 원짜리 컵라면으로 버텼고
악착같이 10만 원을 모아 발매했지
내 데뷔곡 치킨 먹고 싶다
이제는 되찾아야지 배고팠던 시절
그 헝그리 정신

등 따시고 배부르니 생겨버린 나태
돈은 없지만 한 곡 한 곡 써내려 갈 때
빨리 세상에 들려주고 싶었는데
지금은 다음에 쓰지 뭐 나중에 쓰지 뭐
게으름만 늘었네
고작 이 정도로 게을러질 수 없다 다짐했는데
스스로의 약속을 스스로 깰 수는 없지

역시 예술가는 배가 고파야 해
이제는 되찾아야지 배고팠던 시절
그 헝그리 정신

2021년도 내 목표는 100곡 발매였어
정규 1집 정규 2집 정규 3집 정규 4집
한 달 간격도 안 되게 발매했어
돈을 벌지도 못 했지만 음악에 미쳐있었지
공장이 따로 없었어
1년도 안 된 공장이 폐업할 순 없지
이제는 되찾아야지 배고팠던 시절
그 헝그리 정신

#정규_6집

Outcry

1. 공주님

너와 나의 관계는 공주와 천민

버스값이 아까워 1시간을 걸어 학교에 가던 나

버스는 사람이 많아 더럽다며 알아보던

풀옵션 중형차 부모님 도움을 받으면 살 수 있다던 네모난 독일 차

첫 차를 시원하게 알아보던 모습에 난 계층이 보이기 시작했어

컴퓨터를 잘 몰라 샀다던 삼백만 원짜리 노트북을 보니

내 가방 속에 있는 2012년식 현역 노트북을 꺼낼 수가 없었어

너무 부끄러웠으니깐

해외여행은커녕 여권조차 있어본 적이 없었는데

1년에 두 번씩은 꼭 해외에서 휴가를 보냈다는 말을 들었을 때는

차마 입도 뻥긋하지 못했어

너무 비참할 것 같았으니깐

좋은 동내에 좋은 아파트는 주변 환경도 참 다르더라

집 앞으로만 나가도 고급 음식점이 즐비했으니깐

가까워서 자주 간다던 카페에서 맛본 커피는 그렇게 구수할
수가 없더라

산 하나를 타고 올라 골목 끝자락에 위치한 우리 집 주변에는
미싱소리만 가득한데

참 많이 다르더라

직업도 없는 애가 어떻게 돈을 모았을까

황금알을 낳는 거위라도 있는 걸까

2. 기억 속의 그대

이제는 더 이상 그대와의 추억을 축적할 수 없어서
기억 속에 그대의 모습을 떠올려 보면
눈을 마주치고 싱긋 웃어주던 미소가
통 사과를 깨물지 못해 난감해하던 울상이
노곤함에 못 이겨 잠시 눈을 붙이던 새근함이
그 모습들이 아련하게 남아서
내 기억 속에 머무르고 있네

그대는 늙지도 않네
그 시간 그 자리에 머물러 변하지 않네
지금 그대는 어떤 모습일까
나를 보며 반짝이던 눈빛은 아직 투명할까
보드랍던 살 내음은 아직 달콤할까
깍지 잡았던 그 손은 아직 따뜻할까
추억은 머물고 시간을 흘러
나는 지금의 그대를 알아볼 수 있을까
내 기억은 떠나보내지 못하는 잔향인가
혹은 태워버리지 못하는 미련인가

내 기억 속의 그대는 그대인가
기억 속 그대의 마지막은 안녕이라 하였는데
내가 그 자리에 머무는 것인가
받아들이지 못했던 안녕에
이제는 답하네
안녕

3. 내가 뭐라고

나는 오랫동안 좋아하고 있는 사람이 있어

하얀 피부에 매혹적인 눈 날렵한 코 체리 같은 입술을 가진

연예인보다 더 연예인 같은 그런 사람이 있어

나는 차마 다가갈 수 없는 분위기를 풍기는 사람

말을 걸어보려 해도 말을 걸기도 전에 내가 고장이 나버려서

대화 한번 제대로 못 해본 사람

나에겐 그런 연예인 같은 사람이 있어

마지막으로 만난 건 6년 전쯤일 거야

대학교 축제에서 막걸리를 마신 게 마지막 기억이 되었네

난 그 이후로 연락 한번 하지 않았어

아니 하지 못했어 무슨 말을 해야 될지 무엇을 말해야 될지
몰랐으니깐

그래서 나는 매년 생일에 선물을 보냈어

생일 축하한다는 무미건조한 글이 담긴 작은 선물을 보냈어

고가의 선물을 보내면 부담스러울까 봐 저렴하지만 받으면 기
분이 좋을 듯한 선물을 골랐고

말을 길게 하면 마음이 들켜 선물조차 못 보내게 될까 봐

최대한 형식적인 척을 했어

내가 뭐라고 다가갈 수 있겠어 내가 뭐라고

4. 노래는 잠시 잊은 거야

아무리 오래전에 들었던 노래라도
간주를 듣는 순간 모든 멜로디와 가사가 재생되잖아
노래는 절대 잃어버릴 수 없어
노래는 잠시 잊은 거야
잊고 있었던 노래를 들으면
그 시절로 타임머신을 타잖아
해는 뉘엿뉘엿 노을로 바뀌고
제법 쌀쌀해진 바람이 양 볼을 스치고
여유롭게 노래를 들으며 거리를 걷는 그 시절의 내가 보이
잖아
노래는 시간을 거슬러 주잖아
잊고 있던 나를 찾게 되잖아

잊고 있던 노래를 들으면 위로를 받잖아
위로를 받기 위해 들었던 노래를 다시 들으면
위로를 받았던 만큼 다시 위로를 받잖아
힘들 때 들었던 노래는 내 편이 되어주잖아
노래는 절대 잃어버릴 수 없어

189

노래는 잠시 잊은 거야
잊어버린 나를 잊지 않게 해주는 거야
그게 노래인 거야

5. 달콤한 유혹

인생을 살아가다 보면 언젠가 한 번 제안을 받을 때가 있어
이것이 기회일지 달콤한 유혹일지 판단해 볼 필요가 있어
기회라고 생각되는 것은 자신이 노력하고 준비했던 것을
사용할 수 있을 때 기회인지 사기인지 판단하면 돼
하지만 달콤한 유혹은 자신을 현혹시키지
생각지도 못한 일이지만 조건이 너무 좋은 것은 무조건 걸러
야 해
먹는 순간에는 달콤하지만 결국에는 이를 썩게 만드는 사탕
처럼
대가가 없는 것은 없어
달콤한 유혹에 빠지는 순간 귀찮은 일들이 생기고 하기 싫은
것을 하게 될 거야
보상을 믿고 행동하지만 그 보상은 일에 비해 크지 않아
무언가 잘못되었다고 느꼈을 때는 이미 늦은 거야
벌써 꾐에 넘어간 후니깐
이 늪을 빠져나가기 위해서는 얻은 것보다 더 많은 것을 지불
해야 돼
그래도 일찍 빠져나오는 것이 좋아 거머리처럼 달라붙을 거

니깐

　다들 좋은 것이 있으면 의심부터 해보는 것이 좋아

　달콤한 것에는 독이 들어있으니깐

6. 동남풍

숨이 답답해 눈이 뻑뻑해

코가 막막해 입이 텁텁해

동서남북 어느 쪽을 봐도 보이던 산이 보이지 않네

청명한 하늘과 우뚝 솟은 산봉우리들은 어디 가고

누런색만 남았네

이게 어떻게 된 것일까

이건 어디서 온 것일까

숨을 한번 들이쉬면 목이 칼칼해

공기에 무슨 짓을 한 거야 도대체

싹 다 물러가라

불어라 동남풍 불어라 동남풍

남동풍아 불어라 이 더러운 것들을 싹 다 불어버려라

저것들이 얼씬도 못 하게 결계를 펼쳐라

맑고 높은 하늘은 본디 우리의 것인데

어딜 덮으려고 하느냐 가자

불어라 동남풍 불어라 동남풍

불어라 동남풍 불어라 동남풍

7. 마리오네트

Marionette

화장은 과하게 칠해야 돼

조명에 다 날아가 버리니깐

옷은 더 특이하게 입어야 돼

그래야 눈에 띄니깐

나는 그저 시키는 대로 해야 돼

그게 속 편하니깐

나는 관절마다 줄이 달린 마리오네트

인형극을 펼쳐볼까

초점 없는 눈으로 춤을 춰

하나 둘 셋 넷 이리저리 요리조리

흐르는 음악에 정해진 안무를 춰

1막과 종막 또 1막과 종막

어디인지도 모르는 곳에서 난 계속 춤을 춰

막이 열리면 음악과 춤을

막이 내리면 이동과 잠을

새벽엔 잘 수가 없어

또 다른 극을 위해 분칠을 해야 돼

나는 생각 없이 살래

줄을 당겨줘 인형사
인형극을 펼쳐볼까
초점 없는 눈으로 춤을 춰
하나 둘 셋 넷 이리저리 요리조리
흐르는 음악에 정해진 안무를 춰
줄을 당겨줘 인형사

8. 방관자

Bystander ◎

다들 보이는데 왜 안 보이는 척해

왜 아무도 도와주지 않아

같은 공간에 있는 거 맞지

나 혼자 다른 세계에 있는 거 아니지

자기 일이 아니라고 신경 쓰지 않는 거야

보이지만 할 수 있는 게 없다고 생각하는 거야

아니면 엮이기 싫은 거야

나는 그 눈들이 더 무서워

비참하게 보는 눈 처량하게 보는 눈

방관하는 니들도 똑같아

다음은 네가 아닐 것 같아

누구든지 당할 수 있어

너는 누가 도와줄 것 같아

똑같이 무수한 눈들만 보게 될 거야

도움을 청하는 사람을 무시하지 마

방관자도 가해자야

저런 것들과 똑같은 사람 되기 싫으면

내민 손을 잡아줘

보고 있기만 하지 말고

9. 법아 달려봐

법아 달려봐 너 지금 꼴찌야
생각해 보면 네가 제일 빨라야 하는 거 아니야
왜 뒤처져 있어 다른 애들은 앞서가잖아
귀찮아서 그래 아니면 몰라서 그래
도대체 왜 멈춰있는 거야
일하기 싫어 너 또 어디 가려고 그래
또 힘세고 강한 애한테 가려고 그러지
저기 힘없이 쓰러져 있는 애들 쫌 봐
저런 애들 도우라고 했잖아
제발 신경 쫌 써줘
소 잃고 외양간 고친다고 하잖아
그래도 걔는 외양간 고치고 소 한 마리 사면 되는데
너는 왜 외양간을 부수니
외양간이 문제가 아니고 소를 잃은 것이 문제잖아
이상한 짓 쫌 그만해
네가 뒤처져 있으니깐 다른 애들도 못 가고 있잖아
제발 부지런히 쫌 살아
법아 달려봐 제발

부탁할 게 이상한 것만 만들지 말고
필요한 거 미리 쫌 만들어 봐
속이 터진다 속이 터져

10. 새가 싫은 허수아비

나무 막대 두 개를 가져와 십자로 묶고

비료 봉투 속을 짚으로 채워 머리를 만들고

다 해진 밀짚모자를 쓰고

색이 다 바랜 체크 남방을 입고

밭 한가운데 우두커니 선 허수아비

새를 쫓아내는 것이 일이지만

허수아비는 새가 무서워

양팔에 새가 앉아도 팔 한 번 털지 못하고

머리 꼭대기에 앉아 머리를 쪼아도

도망칠 수 없네

허수아비는 새가 무서워

아무도 없는 밤에 홀로 우두커니 서

올빼미 눈빛이라도 보이면 너무 무서워

그래도 곁에서 울어주는 청개구리와 귀뚜라미가 있어

밤은 새보다 무섭지 않아

새를 쫓아내는 것이 일이지만 허수아비도 새가 무서워

해가 내리쬐면 해를 맞고 비가 내리치면 비를 맞고

바람 불어오면 바람맞고 눈이 내려오면 눈을 맞고

늘 그 자리에 서있는 새가 싫은 허수아비

199

11. 샤워

하루의 가식을 벗어던져

덕지덕지 붙어온 때들에 몸이 무거워

손 하나 까딱하기 힘들지만 더 귀찮아지기 전에 씻으러 가
야 해

뜨겁지만 차가운 차갑지만 뜨거운

그 미묘한 접점을 찾아

이 쏟아지는 물방울에 피로를

이 쏟아지는 물방울에 걱정을

이 쏟아지는 물방울에 근심을

이 쏟아지는 물방울에 후회를

이 쏟아지는 물방울에 미련을

이 쏟아지는 물방울에 분노를

이 쏟아지는 물방울에 슬픔을

이 쏟아지는 물방울에 모두 다 씻겨 내려가길

이 쏟아지는 물방울에 모두 다 씻겨 잊혀지길

이 쏟아지는 물방울에 모두 다 씻겨 사라지길

12. 세뇌

권위를 가지고 말을 하지 마라
책에서 이렇게 되어있었다
누가 이렇게 말씀하셨다
생각을 하지 못하게 권위로 누르지 마라
해석의 여지가 있는 것을 규정하지 마라
무한한 생각을 할 수 있게 정답을 만들지 마라
네 생각이 그런 건 알겠는데 내 생각은 이렇다
세뇌가 특별한 것이 아니다
생각을 하지 못하게 하고 보고 들은 것만 믿게 하는 것
그것이 세뇌다
책 한 권 가지고 얼마나 많은 권위를 만들어 냈는가
말 한마디 한 것 가지고 얼마나 많은 규제를 만들었는가
사람을 구속하지 마
꼭 몸을 묶는 것만이 구속이 아니다
눈을 가리고 귀를 닫고 교육된 말을 뱉게 하는 것
그것이 구속이다
네 이웃을 사랑한다면 네 이웃을 존중해라
세뇌가 거창한 것이 아니다

13. 세상이 등을 돌렸어

The world turned its back

내 꿈을 이루기 위해 먼 길을 떠나

피 끓는 청춘은 무엇이든 다 해낼 자신이 있었지

꿈을 위해 한 발짝 또 한 발짝

이루지 못할 꿈이란 것은 없다 생각하며

1년 또 1년

생각보다 목적지로 가는 길은 멀었어

다 왔다 생각이 들면 나타나는 새로운 능선

이미 돌아갈 수도 없이 멀리 와버린 길

새로운 능선을 따라

1년 또 1년

피 끓던 청춘은 늙어버렸고 산 중턱에서 주저앉았네

나무에 기대앉아 자신이 왔던 길을 되뇌어 보네

작은 성과에 환호하고 실패에 절망하고

좋은 기억만 있는 것도 아닌 그렇다고 나쁜 기억만 있는 것도

아닌

자신이 걸어온 길

할 만큼 했다는 생각에 그간의 설움을 토해내

해가 지기 전에 산에서 내려와

몇 년 만에 마주하는 세상은 낯설어

세상에 녹아들고 싶었지만 세상은 이미 등을 돌렸어

할 줄 아는 것이 없는 나이 많은 자연인을 받아 줄 곳은 없었어

세상이 등을 돌렸어 외톨이가 되어버렸어

세상이 등을 돌렸어

14. 솔직히 말해서

너를 완전히 잊은 척 덤덤하게 살아가

너와 함께했던 시간을 통째로 들어 삭제한 듯이

너와 함께 찍은 사진들을 모조리 태워 없앴듯이

너를 완전히 잊은 척 덤덤하게 살아가

그러나 지울 수 없는 기억들이 너와 함께했던 것들마다 살아

나와

밥을 먹으면 좋아하던 음식을 먹으며 행복해하던 모습이

길을 걸으면 서로 손을 맞잡고 걸으며 미소 짓던 모습이

잠을 청하면 같은 침대에 누워 서로의 온기를 나누던 모습이

매 순간 기억이 나 잊혀지지 않아

솔직히 말해서 난 네가 그리워

기억은 습관으로 남아 잔상이 생겨

흐릿해지기는커녕 더욱 선명해져

난 너의 지혜가 필요해

너라면 나에게 어떤 조언을 해줬을까

난 너의 용기가 필요해

너라면 이 상황을 어떻게 헤쳐나갔을까

난 너의 사랑이 필요해
너라면 나를 완전히 잊고 살아가고 있을까
솔직히 말해서 난 네가 그리워
너의 이름 얼굴 행동 체취를 잊어버린 듯이 살아가지만
아직 너무나도 선명해
솔직히 말해서

15. 아무것도 아닌 이야기

나이를 먹을수록 친했던 친구들도 사이가 멀어져
밥은 잘 먹는지 건강한지 일은 잘되는지 알 수가 없어
학창 시절에는 아침부터 밤까지 같이 웃고 떠들었는데
아무것도 아닌 이야기가 하고 싶어
누가 게임을 더 잘하는지 캐릭터는 뭐가 좋은지
아이템은 어떻게 가는 것이 좋은지 게임 이야기만 하는데도
하루 종일 할 수 있었어 정말 아무것도 아닌 이야긴데 말이야

시시콜콜한 이야기가 하고 싶어
학교 안에서 누가 제일 예쁜지 점심은 맛있는지
매점 빵은 뭐가 제일 맛있는지
집에 걸어갈지 버스를 탈지
친구들과 이것저것 주제 불문하고 아무것도 아닌 이야기를 했
는데
이제는 잘 지내라고 연락하는 것이 쉽지 않네
졸업하면 무엇을 할 지로도 많이 이야기했었는데
모두 이루었는지 모르겠다
다 친했던 친구들인데 세월에 멀어졌네

16. 여동생을 위하여

다시 볼 수 있을지 모르는 여동생을 위하여

박달나무의 가지를 하나 잘라 토막을 내고

투박한 손으로 동그랗게 나무를 깎고

예쁜 구슬 모양이 되도록 손에 겨우 잡히는 나뭇조각에 사포
질을 해

나무 구슬 하나에 사랑하는 마음을 나무 구슬 하나에 아끼
는 마음을

나무 구슬 하나에 걱정하는 마음을 나무 구슬 하나에 진심
을 담아

그렇게 만들어진 나무 구슬들

혹시라도 구슬에 담긴 진심이 변할까 봐

열 번의 옻칠을 해

매끈한 구슬을 엮어 완성된 5단 묵주

직접 전해주고 싶은 마음은 하늘을 찌르지만

너의 앞에 설 수 없다는 것을 용서해다오

내가 없더라도 이 묵주가 그대를 지켜주길

내가 없더라도 이 묵주가 온기를 채워주길

말도 없이 떠나야 하는 날 용서해다오

17. 왕관의 무게

모든 권력의 중심점
모든 명예의 시발점
모든 재력의 구심점
그자가 앉아있는 자리 왕좌
그 모든 것을 계승 받을 수 있는 방법
단 한 번의 승리
모든 것을 잃거나 모든 것을 얻거나
그럼 시작해 볼까

승리는 언제나 달콤한 법이지
이제 이 왕관은 영원히 내 것이야
이 자리가 탐나나 그럼 덤벼봐 애송이

마냥 좋을 것 같았던 왕관이 이제는 무겁다
고독하다 시해가 두렵다
군중들은 왕좌를 넘어 왕조의 탄생을 꿈꾼다
도전자일 때보다 더 많은 수행을 해야 된다
매일 이 왕관을 넘보는 자들이 도전해 오고

나는 끊임없이 지켜야 한다
하지만 내려놓기는 싫다
일생을 바쳐 얻은 자리인데
어떻게 차지한 왕좌인데
다시는 내려갈 수 없다
스스로 내려갈 바엔 죽음을 택하겠다
그럼 시작해 볼까

18. 유리를 깨

유리를 깨보면 말이야

생각보다 세게 쳐야 깨지더라

톡 치면 깨질 것 같던 유리가 생각보다 단단하더라구

유리가 깨지면 유리 파편이 튈 것 같아서 약하게 치면

유리는 깨지지 않아

그리고 나를 다치게 할 만큼 파편도 튀지 않아

나는 너의 유리를 깼으면 좋겠어

지레 겁을 먹고 자신을 다치게 할까 봐

시도조차 하지 않는 것이 있다면

널 가로막고 있는 그 유리를 깨버렸으면 좋겠어

생각했던 것만큼 그렇게 무섭고 어려운 것이 아니었다는 것을

알 수 있을 거야

유리를 깨보면 깨지는 소리도 좋아

효과음처럼 챙그랑 소리는 안 나지만 유리끼리 닿으면서

철그럭 철그럭 소리가 나는 데 나름 듣기가 좋아

그리고 스트레스도 풀리고 말이야

때로는 과감해야 될 때가 있어

너무 조심하면 유리는 깨지지 않아

19. 음표 베팅

법밖에 모르던 내가 얼떨결에 패를 잡게 됐네

쪽박과 대박 혹은 독박

한 치 앞을 볼 수 없는 도박판에 발을 들였다

박자 계이름 쉼표 마디 무엇하나 알지 못했지만

이미 패를 잡았네

패는 스네어와 베이스 타악기 두 개로 만들어 낸 비트

이 비트에 베팅을 건다

이미 물러설 수 없는 인생을 건 베팅

돌아갈 다리를 끊어 직진만 남아있는 선택지

어차피 잃을 것도 없이 들어온 도박장

내 인생은 음표에 베팅을 건다

초심자의 행운이라 했던가 운 좋게 성공한 첫 번째 베팅

재미를 봤으면 멈출 수 없는 도박의 맛

딴 돈은 모두 음표로 바꿔 다시 시작된 뒤가 없는 베팅

패는 드럼과 기타 4분의 4박자 비트와 아르페지오로 만들어

낸 비트

이 비트에 베팅을 건다

이미 물러설 수 없는 인생을 건 베팅

돌아갈 다리를 끊어 직진만이 남아있는 선택지
어차피 잃을 것도 없이 들어온 도박장
내 인생은 음표에 베팅을 건다

20. 자석

Magnet

우리는 마치 서로의 극에 붙어 있는 자석 같았지

자석은 원래 N극과 S극이니깐 N극과 S극이 붙어있는 것은 이상하지 않았지

우린 어디에 가든 무엇을 하든 마치 한 몸처럼 행동하고 생각했지

경치가 좋은 곳에 놀러 가고 싶어 했고

맛있는 것을 먹으러 맛집에 가고 싶어 했고

서로에 기대어 편히 쉴 수 있는 곳에 가고 싶어 했지

우린 마치 한 몸 같았으니깐

자석은 자력으로 서로 당기고 있었으니깐

N극과 S극이 서로를 당기고 있는 것처럼

우린 서로를 끌어안았지

절대로 떨어질 수 없는 것처럼 서로를 끌어당겼지

자석이란 그런 것이니깐

원래 그런 것이니깐

자석은 언제나 N극과 S극이 있지

우리의 N극과 S극이 붙어있어도

뒤에도 항상 N극과 S극이 있다는 것을 잊어버리고 있었어

등 뒤에 N극과 N극은 서로 밀어내고 있지만 등을 돌리는 순간

N극과 S극이 되어버렸으니깐

우린 서로 같은 극이 되어버려 이제 밀어내기만 했으니깐

다가갈수록 멀어져 버렸으니깐

나도 등을 돌리는 순간 다른 극에게 당겨지면 영영 멀어지는 것이니깐

등을 돌릴 수 없었어

그래서 난 등을 돌리지 않고 가만히 있기로 했어

네가 아닌 난 모두를 밀어낼 테니까

21. 잘 지내

너를 유독 사무치게 그리워하게 만드는 새벽공기에

잘 지내라고 물어보고 싶지만

이 감정은 단지 새벽공기와 새벽달이 만들어 낸

새벽 감성일 뿐이니깐

내가 너를 보고 싶어 하는 것은 단지 일순간의 감정일 뿐이
니깐

내가 느끼는 그리움은 마음 정리를 하지 못한 나의 감정일 뿐
이니깐

내 마음은 닫힌 결말도 열린 결말도 아닌 미완결이니깐

혼자 끙끙 앓고 있는 중이니깐

내가 미치지 않고서야 어떻게 연락을 하겠어

네가 어디서 무엇을 하든지 내가 궁금해하면 안 되는 것이
잖아

그건 단지 놓지 못하는 집착일 뿐이잖아

네가 닫힌 결말이라는 것을 너무나 잘 알고 있기에

새벽 감성은 이성을 이길 수 없어

잘 지내는지 알아서 무엇하겠어

괜히 더 집착할 뿐이야

나도 이제는 닫힌 결말이어야 돼
그것도 꽉 닫힌 결말이어야 돼
이제는 잘 지내라는 단어에 물음표가 아닌 마침표를 찍겠어
잘 지내

22. 첫사랑과 첫사랑

십 대의 끝맺음인 열아홉에 서로를 만나

첫사랑과 첫사랑은 첫사랑과 첫사랑이 되었고

첫사랑들은 사랑을 할 줄 몰라 서로 서툴렀지

무엇을 해야 되는지 몰라 기대를 채워주지 못하고

삐걱삐걱거리기는 했지만 서로에게 진심이라는 것은 알 수 있

었지

기념일을 챙기는 방법을 몰라 저녁밥만 먹고 집으로 돌아가고

돈이 없어 멀리 여행 한번 가지도 못했네

사랑하는 사이라고는 하지만 친한 친구 사이 정도였어

사랑하는 방법을 몰랐으니깐

손만 잡아도 누가 볼까 부끄러웠으니깐

정말 아무것도 아닌데 말이야

그래도 커플 물품들은 하나씩 채워나갔어

커플 티셔츠 커플 맨투맨 커플 볼펜 커플링까지

커플링도 큐빅이 박힌 저렴한 은반지였지만

금반지 부럽지 않았어 사랑이 중요한 것이었으니깐

첫사랑과 첫사랑은 내일 만날 친구처럼 헤어졌어

잘 가 잘 지내 하며 헤어졌으니깐

사랑할 줄 몰랐지만 제일 사랑다웠다 생각해
첫사랑의 첫사랑이 되어줘서 고마웠어

23. 추억은 추억으로

삶이 지속될수록 추억은 깊게 쌓여

다양한 사람들과 다량의 시간이 만들어 낸

단단하고도 영롱한 결정체

그 결정체는 시간이 지날수록 희미해지는 것이 아닌 더욱 밝
게 빛나

만나지 못하는 만날 수 없는 사람들과 함께한 오래된 시간들
이 결합해

사무치는 그리움으로 변해

하지만 추억이라는 것은 시간이 누적됨에 빛은 밝아지지만 색
은 변해

색이 변화된 추억들은 더욱 아련해지고 더욱 그리워져

색이 변한 추억에 속아 추억을 재현하려 한다면

추억이라는 것은 빛을 잃고 산산조각 날지도 몰라

추억은 그 시간의 사람과 그 시간의 장소의 순간이니깐

추억이란 다시 재현될 수 없어

추억은 추억으로 남겨지는 게 가장 아름다워

추억은 추억으로만 가슴 깊이 묻어 둬

24. 팬도 아닌 게

Not even a fandom

팬도 아닌 게 어디서 까불어

우리 애에 대해서 뭘 안다고 떠들어

우리 애가 가장 좋아하는 색 알아

우리 애가 가장 좋아하는 음식 알아

우리 애가 가장 좋아하는 사람 알아

아무것도 모르는 게 어디서 까불어

우리 애 웃음소리도 모르고 습관도 모르고

말투도 모르는 게 꼬투리 하나 잡겠다고 조잘 조잘 조잘

가족과도 같은 우리 애들끼리 싸운다고 선동하고

사이 안 좋다고 선동하고 그러면 인생에서 뭐가 달라져

연예인들 비방하지 말고 방에서 쫌 나와

인터넷이 세상이 아니잖아

잘나가는 사람을 시샘해서 그래

시기 질투는 제발 버려

그 시간에 자기 계발이나 더 해

제발 우리 애들한테 상처 주지 마

팬도 아니면서 알지도 못하면서

우리 애들 건들지 마

25. 포기도 성공이야

Giving up is success

꼭 합격만이 성공이 아니야

몇 년간 자신을 버리고 얻은 옷이 안 맞을 수도 있어

안 입어봐서 맞을지 안 맞을지는 모르지만

맞을지 안 맞을지는 사실 본인이 더 잘 알고 있잖아

포기를 하지 못하는 것은 지금까지의 노력에 대한 아쉬움 미
련 혹은 집착일 수도 있어

아니면 다른 계획이 없어서 그럴 수도 있지

사회가 팍팍하기는 하잖아 처음 발들이 는 곳이 인생의 방향
을 크게 좌우하니깐

자기 자리 하나 만드는 게 정말 힘들어

그래도 말이야 자신을 조금 더 아는 것이 좋을 것 같아

자신에 대해 진지하게 생각해 본 적이 있어

좋아하는 것 싫어하는 것 재미있는 것 잘하는 것

바로 생각나지 않을 거야

시간의 흐름에 너무 직진만 하고 있는 것은 아닐까

자신을 찾기 위해 시간 역행을 해보는 것은 어떨까

그저 봉사자로 살아가기에는 자신이 아깝지 않을까

돈에 자신을 파는 것은 슬픈 일이 될 거야

자신을 잃어 방황할 수도 있고 쾌락을 추구할 수도 있고
자신이 없어질 수도 있어
지나간 시간은 돌아오지 않아
결단은 신중하게 그러나 신속해야 돼
자신을 찾는다면 포기는 또 다른 성공으로 찾아올 거야

26. 푸른 봄

봄꽃이 필 무렵이면 푸른 봄이 개화한다

흰색 검은색 붉은색 파란색 노란색 초록색 보라색

형형색색의 꽃들이 만개한다

청천과 녹음의 사이에는 만개의 색들이 발한다

그 사이의 푸른 봄들은 자연스레 섞이어 모두가 푸르다

봉오리 필 무렵이 자연스레 다가와

스스로 푸른 것을 모른다

꽃잎이 봄비에 떨어지듯 청춘은 짧다

하지만 지나고 나서야 청춘이었음을 깨닫는다

푸른 시간 속의 자신은 빛났음을

더욱 빛나지 못한 것에 아쉬움이 드는 것은

이젠 다시는 피지 못할 낙화가 되어버렸기 때문일 것이다

그러나 걱정하지 마라

낙화는 열매가 되었으니

열매는 영글어 비에 떨어지지 않는다

열매 또한 푸르고 속은 더 알차다

푸른 봄 스스로 푸르렀으면 됐다

이 책을 읽어준 그대에게

이 책을 정독해 주서서 감사합니다. 데뷔 앨범인 싱글 1집 <치킨 먹고 싶다> 발매 후 가수라는 신분을 달게 된 뒤 지인이 저에게 물었습니다. "음악 계속할 거야?" 저는 가수나 작곡가보다 시인이고 싶었습니다. 저는 대답했습니다. "나는 명곡을 만들 생각이 없어, 대신 다작을 할 거야. 내가 곡을 만드는 이유는 내 시에 음률을 붙여주기 위해서야. 음악이 주가 아니야. 그래서 딱 200까지 만들어 보려고." 저의 목표는 정규 9집 <Question>으로 이루어졌습니다. 정규 1집을 준비할 때 '내가 200개의 작품을 만들 수 있을까?' 생각이 들었습니다. 하지만 영감이 생각날 때마다 하나씩 만들다 보니 어느새 200곡을 넘게 쓰고 있었습니다. 사람에게 목표라는 것이 정말 중요한 것 같습니다. 목표를 정하면 달성하려는 의지가 생겨 언젠가, 어떻게든 달성하기 때문이죠. 저의 시를 읽으신 독자님들마다 느끼신 감정이 다르리라 생각하고 있습니다. 이해하기 어렵거나, 심기에 거슬리거나, 동의하지 못하는 작품이 있을 겁니다. 감상에는 정답이 없습니다. 작품이 마음에 들지 않으시면 시원하게 욕하시는 것도 감상의 방법일 겁니다. 세상에는 정답이 없습니다. 자신이 원하는 방법이 본인 삶의 정답이겠죠. 다음 앨범도 시가 될지는 모르겠습니다. 이제 다작이 아닌 명곡을 만들어 보겠다는 욕심이 생겨서 말이죠.

아무튼 저의 시를 좋아하시든, 싫어하시든, 이 책을 읽어주셔서 감사합니다.

사막에
비를 뿌려

심상율 가곡집 I

초판 1쇄 발행 2023. 1. 16.

지은이 심상율
펴낸이 김병호
펴낸곳 주식회사 바른북스

편집진행 원석희
디자인 최유리

등록 2019년 4월 3일 제2019-000040호
주소 서울시 성동구 연무장5길 9-16, 301호 (성수동2가, 블루스톤타워)
대표전화 070-7857-9719 | **경영지원** 02-3409-9719 | **팩스** 070-7610-9820

•바른북스는 여러분의 다양한 아이디어와 원고 투고를 설레는 마음으로 기다리고 있습니다.

이메일 barunbooks21@naver.com | **원고투고** barunbooks21@naver.com
홈페이지 www.barunbooks.com | **공식 블로그** blog.naver.com/barunbooks7
공식 포스트 post.naver.com/barunbooks7 | **페이스북** facebook.com/barunbooks7

ⓒ 심상율, 2023
ISBN 979-11-6545-984-0 03810